西脇順三郎　絵画的旅

Junzaburo Nishiwaki
Voyage Pittoresque

新倉俊一

慶應義塾大学出版会

トリトンの噴水
ローマのバルベリーニ広場
(本書I章3参照)

エル・グレコ《庭の苦悩》

（本書 IV 章 3 参照）

ゼザンヌ《カードをする農夫たち》
© Photo RMN /Hervé Lewandowski/amanaimages
（本書 IV 章 2 参照）

ゴーガン《ヴァイルマティ》
© Photo RMN /Hervé Lewandowski/amanaimages
（本書 IV 章 2 参照）

ジョルジョーネ《田園の合奏》

（本書 IV 章 3 参照）

ダヴィッド《レカミエ夫人》

（本書 IV 章 3 参照）

マネ《ステファヌ・マラルメ》

（本書 IV 章 3 参照）

東洲斎写楽《中山富三郎の宮城野》
マスプロ美術館蔵
（本書 IV 章 1 参照）

西脇順三郎（左）と池田満寿夫
池田満寿夫のアトリエで（1972年）

自作画《ボードレールの肖像に関係のあるスターンの肖像》
を披露する西脇順三郎
文藝春秋画廊の個展で（1968年）

目次

プロローグ　ジキル博士とハイド氏

三年ほど前に『評伝　西脇順三郎』を書き上げたとき、こんどは人物でなくて、詩について語るべきですね、とある人に言われた。西脇順三郎は現代詩の巨匠であり、すでに多くの人によって語りつくされてきた感じがある。昭和モダンのシュルレアリストとか、『旅人かへらず』以降の東洋的哀愁と諧謔の詩人とか、あるいは言葉あそびの達人とか、断定されてきた。西脇没後のいくつかの記念展でも、「永遠の旅人」や「馥郁タル火夫」など、さまざまに名づけられてきた。それらはいずれもすぐれた比喩だが、ずばりと西脇詩そのものを解き明かしてはいないうらみがある。今年は没後二五年目を迎えるので、何か新しい切り口を見つけたい。そこで「絵画」というキーワードを手掛かりに、西脇詩の秘密を明らかにすることにした。

小説家のウィリアム・フォークナーは、自分のことを「詩人になりそこねた小説家」と呼んでいる。彼は最初、スウィンバーン風の世紀末的韻文詩を試みたが、やがて詩作を断念して小説家に転じ、『響きと怒り』のように詩的想像力の豊かな現代小説の世界を築き上げた。同じように、西脇順三郎もまさに「画家になりそこねた詩人」と言えよう。私は決してこの詩人の画才を貶めるつもりは毛頭もない。むしろ、そのすばらしい天稟を認めている。ただ彼の三つ子の魂は画家であって、絵の世界はこの詩人にとって見果てぬ夢であった。

よく「詩は絵のごとし」と言われるが、それはただ詩人がイメージを使って書くから、そのことをさしているにすぎない。だが、西脇の生涯には、「詩人」と「画家」がまるでジキル博士とハイド氏のように、何度も入れ替わっている。失意のときはよく絵を描いて過ごした。詩人として名声を馳せてからも、幾度か池田満寿夫のアトリエに立ち寄って絵筆をとっている。『第三の神話』（昭和三一年）の「自伝」という詩の中で、

もう
うす暗い菫をくれる
詩の女神は考えられない。

と述べているが、あれはむしろ失われた絵の女神のことを追憶しているような気がしてならない。これは私の恣意的な誤読であるけれども、そういう推測をさせるような背景がある。

西脇順三郎は子供の頃、字を読むのが嫌いだった。父親が『世界おとぎばなし』を幾冊も買って

くれたりしたが、美しい挿絵ばかり眺めていた。「僕にはすべて絵画的にものをみるくせが子供の時からあったらしい」と述懐している（『メモリとヴィジョン』）。後年、彼が傾倒したウォルター・ペイターも、「家の中の子供」という自伝的な物語で、幼い時からの「目の欲」の習性にふれている。さきほどの「自伝」にも、普通の人が忘れてしまう細かい事柄が記憶されている。

　リーダーは銅版画ばかり覚えている
　ヤマメを入れたガラスのどんぶり
　笛をふいている老人。

彼を最初にイメージの世界に導いたのは、「ナショナル・リーダーズ」という英語の教科書の挿絵だった。日常生活の無味乾燥をこらえてきた子供にとって、この舶来本の挿絵は、あたかも「魔法の窓」のように思われたにちがいない。この言葉はロマン派の詩人キイツが始めての詩的経験を形容したフレーズだが、中学生時代までの西脇順三郎は、詩や文学ではなく、絵が「魔法の窓」であった。

ついに絵の興味が嵩じて、中学を卒業するときにどうしても画家になりたいと親に相談をしたところ、元銀行の取締役であった父親は、誰か有名な画家に才能を保証してもらえるならいいだろう、と譲歩した。そこで、家族と少し知り合いだった藤島武二の添書をもって、洋画壇の巨匠である黒田清輝に面接を受けたが、誰にもたった一時間の面談で将来の才能を保証できるはずがない。「自分は法律の勉強にフランスへ出かけたが、絵を学んできた。画家になるにはよほどの天分と努力がいる」という意味のことを言われて、結局、藤島武二にしばらく手ほどきを受けてみることになった。そのときの記憶が、こう書かれている。

藤島先生の家で絵を学んだ
テレビンの世界に残るのは
マジェンタ色の菊と
黄色い裸の巴里の女が
うしろ向きに立っている
先生の大切な油だ。（「自伝」）

この中に出てくる菊の絵は、そのとき藤島武二にもらったものだそうだが、その後どこかに紛失してしまった。後のほうの絵は、没後最初の新潟市美術館での西脇展の折に、学芸員の方がいろいろ調べたところ、これに厳密に該当する絵はなく、「大切な油絵」というキーワードから推して、代表作の《幸ある朝》という結論になった。だが、巴里の女は裸ではなく横向きに立っている。これはたぶんほかの裸体画との記憶の混同だろう。いずれにしても、この絵も菊と同じように、黄色い色をしている。西脇順三郎の詩の中に出てくる色彩について村田美穂子さんが論文を発表されているが、それによると西脇の色彩は「白」に次いで、「黄色」が多い。それを「マジェンタ色」と呼ぶあたりが、いかにも画家好みのところだ。他の詩にも「女の黄色い手紙は／終極の変化へ／の発達の／エル・グレコーの／マジェンタへ」などと、使われている（「えてるにたす」）。だが折角の画家修業は父親の死のために頓挫し、周囲から「食うためには働かなくてはならない」と言われて、やむをえず慶應の「理財科」に進学することになった。こうして、ひとまず絵の世界から遠去かった。

二度目に絵のミューズとめぐり会ったのは、イギリスに留学してからである。ロンドンで結婚されたマジョリ・ビッドルは、ユニヴァーシティー・コレッジ・オブ・ロンドンに属しているスレイド・スクール・オブ・アートの画家生だった。調べてみたら、これは大変本格的な画家コースで、詩人エズラ・パウンドの友人でモダンな画家ウィンダム・ルイスもやはり、ここの出身者である。当時はマティスやピカソなど新しい画家が現れた時代で、マジョリもそのはなやかな時代の感性を受け継いでいて、ロシア・バレーの舞台芸術にあこがれたらしい。日本に来てからも二科展に入選して有島生馬に認められ、大正一五年一一月号の「婦人画報」に他の二科会入選者とともに「入選の閨秀画家」として、海水浴風景と想われる自作画の前の姿が紹介されている。その後、昭和元年から一〇年までほぼ毎年のように数点ずつ出品しており、参考までにその記録を掲げておこう。

昭和元年　印度木綿　池
二年　霧　モデル　わたくし
三年　果樹園の夏　佐藤氏の肖像
四年　（なし）
五年　海水浴（一）　海水浴（二）
六年　小説を読む人　鎌倉海岸　庭園
七年　午前中　庭
八年　裸馬　四人道化
九年　（なし）
一〇年　ジェームズ様夫人　池

ほかにも詩誌や詩集などのカットを描いたり、「三田文学」の表紙にロシア・バレーの舞台などを描いている。また、西脇と別れた後も、マジョリは駐日イギリス外交官夫人のキャサリン・サンソムの英文単行本『東京に暮らす』（昭和一一年）の挿絵を担当している。同書は最近文庫版で翻訳が出ているので、挿絵を見ることができる、つまり、イギリスから帰国後の数年間は、マジョリが画家として活躍し、西脇はもっぱら詩と評論に没頭していた。

ロンドンにいたあいだ、二人はアート・クラブの近くの画家の借りるようなスタジオに住んでいた。西脇順三郎も二、三枚の風景画を描いてはいるが、主にマジョリのほうが絵をやっていたらしい。しかし、西脇も当時ロンドンで紹介されていた印象派の画家をはじめ、セザンヌやマティスなどの新しい作品もさかんに見て回っている。晩年の昭和四三年秋に、銀座の文藝春秋画廊で西脇順三郎の個展が開かれたとき、イギリスのマジョリに私が知らせたところ、「ジュンザブローが絵を描いているとは知らなかった」と驚いている。

マジョリと別れるのは、西脇の詩集『アムバルワリア』(*Ambarvalia* 昭和八年)の前年であって、この詩集は図版入りであるばかりでなく、作品の内容の上でも絵画的であった。有名な「ギリシア的抒情詩」篇は、画家が書いたようなイメージの世界にあふれた作品である。つまり西脇順三郎はことばによって、絵を描いたのだ。「ギリシア的抒情詩」の一篇の「カリマコスの頭と絵画的旅」という題名の詩が示しているように、詩人西脇の頭の中で本格的な絵画への旅が始まった。

海へ海へ、タナグラの土地
しかしつかれて
宝石の盗賊のやうにひそかに
不知の地へ上陸して休んだ。

僕の煙りは立ちのぼり

アマリリスの花が咲く庭にたなびいた。
土人の犬が強烈に耳をふつた。

千鳥が鳴き犬が鳴きさびしいところだ。
宝石へ水がかゝり
追憶と砂が波うつ。

テラコタの夢と知れ。（「カリマコスの頭とVoyage Pittoresque」I）

西脇は当時の随筆の中で次のようなことを言っている。「自分はアヘン飲みの如く、一つの慢性的生活病者である。いつも新しい思考を飲んでいないと、非常に気力が減退する。海賊的には、いつも新しい思考を密輸入している。また自分が製造しようとしている」（『輪のある世界』「人形の夢」）。これは寡黙な詩人の創作心理の秘密を明かしてはいないだろうか。

ほかにも『アムバルワリア』の世界はみな「絵画的な旅」で、次のようにずばり「眼」という題名の作品もある。

白い波が頭へとびかゝつてくる七月に

南方の奇麗な町をすぎる。
静かな庭が旅人のために眠つてゐる。
薔薇に砂に水
薔薇に霞む心
石に刻まれた髪
石に刻まれた音
石に刻まれた眼は永遠に開く。

「静かな庭が旅人のために眠つてゐる」と言うのと、「旅人が静かな庭のわきを通った」と叙述するのとはちがう。それはすでに一つのイメージである。そして、「石に刻まれた髪」以下は彫刻によくみられる笛を吹いている女性の姿を連想させるだろう。「笛」と言わずに「音」と言ったのが、とてもいい。最後に石像の眼は普通開いているが、それを「永遠に開く」と表現して一段とイメージを深めている。この詩集の巻頭には、「浮き上がれ、ミユウズよ。／汝は最近あまり深くポエジイの中にもぐつてゐる。」(「コリコスの歌」)という序詞が置かれている。それは従来の音楽的であまりに感傷的な抒情詩にたいする、画家詩人としての挑戦と言えよう。

I　絵画的な詩への旅

1　詩の新しさと古さ

西脇順三郎の帰国第一声は、詩ではなく詩論であった。それは大正一五年四月の「三田文学」復刊第一号に発表された「プロファヌス」で、後に『超現実主義詩論』（昭和四年）の巻頭に収められて、日本のモダニズム運動の原点となった。その中で、詩の本質は「超自然」にあり、「詩とはこのつまらない現実を一種独特の興味（不思議な快感）をもって意識さす一つの方法である」と、明確な詩論を展開した。もっと平たい言い方をすれば、これは「遠いものを連結して、新しいイメージをつくる」ことにほかならない。

荒川洋治の詩集に『あたらしいぞ、わたしは』という題名があるが、いつの時代にも、詩は新しさを求める。旧態然とした詩風は新鮮な感動を呼び起こさないからだ。しかし、詩の新しさとは単に時代の流行を追う時間の新しさではない。荒川自身はすぐれた詩人で、詩集ごとに新しいスタイルを探求しているが、世間にはよくそうでない詩人が多くいる。「新しいぞ」と宣言しながら、しばしば何年前か、いや、もっと古い時代の流行現象の蒸し返しにすぎない例も少なくない。

日本で近代詩が始まってから一世紀半も経つが、ほんとうに「新しい」と言える時期はごくわずかである。それは森鷗外や上田敏の翻訳詩集が出された明治中期から大正にかけてと、萩原朔太郎の『月に吠える』が登場した大正中期から西脇順三郎らがめざましい活躍を始めた昭和初期だろう（第二次大戦後以降については、ここに触れる余裕がないので、後の章にゆずりたい）。

島崎藤村以来、ずっと詩はただ感情を歌い上げるものと考えられてきたが、この傾向を変えた最初の近代詩人は萩原朔太郎であった。彼はよく世間では「地面の底の病気の顔」のように暗い疾患のヴィジョンの詩人とみなされているけれども、よい詩は必ず「非日常的飛躍」がなければならないと説いている、そして、これを「諧謔の笛」と呼んだ。萩原流の「諧謔の笛」は、次のような例によくみられる。

椅子の下にねむれるひとは、
おほいなる家をつくれるひとの子供らか。（「椅子」）

あるいはまた、トリック写真のような次の詩行などにも、日常性から飛躍した彼の諧謔が窺えるだろう。

おお、もちろん、わたくしの腰から下ならば、
そのへんがはつきりしないといふのならば、
いくらか馬鹿げた疑問であるが、
もちろん、つまり、この青白い窓の壁にそうて、
家の内部に立つてゐるわけです。（「内部に居る人が畸形な病人に見える理由」）

「詩の本質性について」の中で、萩原は「詩術とは、読者をペテンにかけることの技術である。詩術をもたないところの詩人は、花の咲かない花樹と同じく、無意味で退屈なものにすぎない」と強調している。彼はイロニーを詩の本質とみなした最初の人だった。『月に吠える』には探偵が登場する有名な詩があるが、これも彼の「詐術」にたいする憧憬の現れにすぎない。

とほい空でぴすとるが鳴る。
またぴすとるがなる。
ああ私の探偵は玻璃《はり》の衣裳をきて、
こひびとの窓からしのびこむ、（「殺人事件」）

この探偵は、どうやら恋人の部屋に忍び込んだ曲者と同一人物ではないかと思われるふしがある。探偵もので有名な作家のチェスタートンは、「犯人は詩人だが、探偵は批評家にすぎない」という警句を吐いているが、ここでは犯人と探偵はともに詩人で、ダブルと言えよう。だから詩の後半で、犯罪という華麗なる詐欺行為に成功して、一目散に逃げ去っていく犯人のうしろ姿に、探偵は一抹の愛惜の情を禁じえない。

十字巷路《よつつじ》に秋のふんするゐ、
はやひとり探偵はうれひをかんず。
みよ、遠いさびしい大理石の歩道を、
曲者はいつさんにすべつてゆく。

萩原朔太郎は若い頃、アメリカの活動写真に登場するさっそうとした女凶賊プロテヤにすっかり魅せられ、自分も探偵「萩原プロテヤ」を名乗って、前橋の詩人仲間と交信した時期があった。晩年にまたトランプのマジックに凝ったのも、やはり、動機は同じ「詐欺行為」、つまり、それが言葉の魔術の延長だからだろう。

西脇はイギリスに留学する頃に『月に吠える』を読んで、意表をついた「とぼけ」た言い回しが「おかしくって、おかしくってたまらなかった」という。そして、彼自身も、「詩が新しい」とはおもしろいイメージをつくることである、と説いている。わかりやすい例として、茄子を茄子と述べても詩にならないが、「あゝ、なんちゅう紫の瓢箪だ」と言えば詩になると言う（『純粋な鶯』「オーベルジンの偶像」）。この例は素人のための方便にすぎないが、『アムバルワリア』の「ギリシア的抒情詩」篇の中には、もっとすぐれた「おもしろい思考」の例がある。有名な作品だが、ここにあげてみよう。

黄色い菫が咲く頃の昔、
海豚は天にも海にも頭をもたげ、
尖つた船に花が飾られ
ディオニソスは夢みつゝ航海する
模様のある皿の中で顔を洗つて
宝石商人と一緒に地中海を渡つた
その少年の名は忘れられた。
麗《ウララカ》な忘却の朝。（「皿」）

この作品の構成に興味を惹かれた萩原朔太郎は、「世の中に『難解』の詩は有るかも知れないが、しかし『不可解』の詩というものが有る筈がない」と前置きして、この詩の謎解きを試みている。「この詩の主題を解くパズルの鍵は、第二行から第五行までの言葉にある。『海豚』はギリシャの沿岸地中海に昔たくさん生棲して居た。それはホーマーの詩にも出て来るし、古代ギリシャの海図などにもよく描かれて来た。作者の西脇氏は、此処でその古代の海図をイメーヂに表象して居るのである。だから見よ、次には果たして頭首の尖った古代ギリシャの船が、女神にささげる花を積んで航海して居る。そして酒と情熱の詩神ディオニソスは、地中海の小春日和に居眠りをして居るのである。(省略) 即ちこの詩は、その『皿』といふ題が適切に示す如く、或るさわやかな陶器のように、青く冴えた、南欧ギリシャの朝の風景を情操して居る」(「難解の詩について」「日本詩」昭和九年一一月号)。

さすがに詩人の鋭い直感で、この詩の絵画的特質をみごとにとらえていると言えよう。厳密に言えば、これは「皿」でなく、エクゼキアスの酒杯である(本書カバー・表紙参照)。萩原朔太郎は昭和一五年に編纂した『昭和詩鈔』にも、この作品を含む「ギリシア的抒情詩」を五篇収録した。

また室生犀星もひとしく『アムバルワリア』の新しい思考に感嘆して、とくに次の詩の冒頭にふれて、「これだけの一行が詩人の生涯をとおして見ても、ざらに見つけられる一行ではない」と賞賛した。

（覆《くつがへ》された宝石）のやうな朝
何人か戸口にて誰かとさゝやく
それは神の生誕の日。（「天気」）

詩壇の大家ばかりでなく、西脇の周囲の若い詩人たちも一様に、「こういう詩の世界があったのか」と目を見張った。刊行者の百田宗治は「久しく日本の詩壇の上に停迷していた雨雲——感傷主義の覆いが払われて、ここに初めてわれわれは明朗透徹な恒久の希臘の蒼空を垣間見ることができるのだ」と述べている。

最後にもう一篇、当時の作者の心境をよくあらわしている詩を引き合いに出しておこう。題名は紀元前三世紀頃のアレキサンドリアの知的な抒情詩人と彼の「絵画的旅」をさしている。

宝石の角度を走る永遠の光りを追つたり
神と英雄とを求めてアイスキュロスを
読み、年月の「めぐり」も忘れて
笛もパイプも吹かず長い間
なまぐさい教室で知識の樹にのぼつた。
（省略）

あゝ、秋か、カリマコスよ！
汝は蠟燭の女で、その焔と香りで
ハシバミの実と牧人の頬をふくらます。
黄金の風が汝の石をゆする時
僕を祝福せよ。（「カリマコスの頭と Voyage Pittoresque」II）

これはまさに、新しい思考の創造者としての共感と自負を表すものだろう。西脇はこの詩集の図版にカリマコスの頭部の肖像を掲げている。新しい思考の連結はつねに色あせることがない。私が西脇を「永遠のモダン」と呼ぶのはそのためである。

2 『アムバルワリア』の翻訳詩

これまで述べてきた「ギリシア的抒情詩」篇の創作詩のほかに、『アムバルワリア』には翻訳詩も含まれている。「ギリシア的抒情詩」篇のあまりにも輝かしい名声に隠れて、翻訳詩は話題にならないが、その比重は決して軽くない。「古代世界」篇では、ギリシア的風景とラテン的風景とが一対となしている。「拉典哀歌」の諸篇は、カトルス、ティブルス、それに作者不詳のラテン詩の翻訳からなっており、森鷗外や上田敏が踏み込まなかった古典詩の紹介者として西脇はもっと高く評価されていい（末尾の「哀歌」だけは自作である）。中でも、次の「ヴィーナス祭の前晩」の美しいルフランは、若い読者たちの感情を揺さぶってきた。西脇は留学前から耽読していたウォルター・ペイターの名高い小説『享楽主義者マリウス』の中で、この詩行に愛着を抱いている。

I

明日は未だ愛さなかつた人達をしても愛を知らしめよ、愛したものも明日は愛せよ。新しい春、歌の春、春は再生の世界。春は恋人が結び、小鳥も結ぶ。森は結婚の雨に髪を解く。
明日は恋なきものに恋あれ、明日は恋あるものにも恋あれ。

II

明日は恋人を結ぶ女は樹の影にミルトゥスの小枝でみどりの家を織る。明日は歌ふ森へ祭りの音楽を導く。ディオーネの女神が尊い法を読む。
明日は恋なき者に恋あれ、明日は恋ある者にも恋あれ。

（省略）

VI

見よ。花びらの紅は清浄なはにかみを生んだ。そして薔薇の火焔は暖い群りから流れ出る。女神自身は乙女の蕾から衣を脱がせよと命じた。薔薇の裸の花嫁となるために。

明日は恋なき者に恋あれ、明日は恋ある者にも恋あれ。

VII

キュプリスのヴィーナスの血、恋の接吻、宝石、火焔、太陽の紫の輝き、とでつくられた花嫁は、明日は、燃える衣の下にかくされた紅の光りを濡れた森のしげみから恥ぢずに解く。

明日は恋なき者に恋あれ、明日は恋ある者にも恋あれ。


歴史的にみると、日本の近代詩は森鷗外の『水沫集』や上田敏の『海潮音』など、海外詩の翻訳行為とともに歩んできた。それらは主に海外の近代詩（ロマン派および象徴派の詩風）の紹介・移植に貢献してきたことは、上田敏自身の序文にもあるとおりで、私たちは翻訳と創作とを切り離して考えることはできない。

名訳と言われる上田敏の訳詩集も、折口信夫の批評のように、「文学から文学を創りだすのは翻訳として邪道である」というきびしい見方もある。それに比べて、堀口大學の訳詩集『月下の一群』はもっと原詩に忠実であるとは一般の定評だが、それとても程度の差にすぎないのではなかろうか。萩原朔太郎のエッセイにこんなおもしろいエピソードがある。ある詩人がヴェルレーヌの訳詩を真似て書いた詩篇を萩原朔太郎に見せたところ、「君、これはヴェルレーヌに全然似ていないよ。これは堀口の詩の模倣だ」と即下に批判されたという（萩原朔太郎『純正詩論』）。これは翻訳というものが、所詮、原詩からのズレを含む、一種の裏切り行為のようなものであることを、よく示しているだろう。

いわば、翻訳とは一種の原罪のようなもので、どんなに原詩に近づけようと願っても、違ったものを生み出してしまう。それならば、原詩に従属しないで、積極的に異なったものをつくるべきだ、といっそのこと居直るほうがいいかもしれない。

『アムバルワリア』の翻訳詩には、前にふれた古典詩のほかにも、「近代世界」篇の中にも、すぐれたフランス現代詩の翻訳が含まれている。それはイヴァン・ゴルの「恋歌　イヴアンよりクレールへ」の訳だ。

君は杏子の唇をもつたおれの牧場である
二つの青い千鳥が
君の眼の静かな水面をかき乱す
さうしておれはおれの疲労した魂をその中で洗ふ

金魚が君のお喋りを刺激する
君のゐくぼの忘れな草は
我等の小さな姪等である
君の朗々たる頭髪の中で風は竪琴《タテゴト》を弾奏する

遠方の教会堂は君の心臓の中で
おれのアンジェリユスの鐘をたゝく　おれのアンジェリユス

長いので以下は割愛せざるをえないが、この荒々しい訳詩は読者を挑発してやまない。『アムバルワリア』が刊行されたばかりのときに、この詩集の中のほかの詩と一緒にこれを読んだ若い村野四郎は、「こんな奇妙な言語機能の肉体をもった抒情詩はこれまでわが国に現れたことがなかった」と驚嘆した。「これが翻訳であるかどうかなどということはどうでもいいことだ。新しい詩であることが大切なのだ」と述べている。

同時代の詩人にとって、西脇は翻訳者としても詩作者としても、まぎれもなく新しい詩のスタイルの代表者であった。『アムバルワリア』の詩篇は、刊行されてから四分の三世紀を経たいま読んでも新しい。日本で昭和四五（一九七〇）年に万国博覧会が開催されたとき、『アムバルワリア』

もタイム・カプセルに入れて地下に埋め、百年後にそれを掘り出そうという企画が行われた。百年後に開封されたとき、この一冊の詩集の言葉は、新鮮さで読者を驚かすだろう。マラルメがポーの没後二五周年に、「永遠がやがてそれ自身に変える詩人は／……その詩人の世紀を／抜き身の剣で奮起させる」と歌ったが、同じようなことが西脇についても言えるのではないだろうか。

3　もう一つのトリトンの噴水

たまたま平成一七（二〇〇五）年はアンデルセンの生誕二〇〇年で、この伝説的な作家が改めて私たちの記憶によみがえった。森鷗外の手になる『即興詩人』が刊行されたのが今からほぼ百年前にあたる。あの華麗なる文体は過去一世紀のあいだ多くの文学青年たちを魅了してきた。鷗外の数ある翻訳の中でも、これは最高の詩的散文だと私は信じている。原作の対話体と比べると、鷗外の訳は一人称の告白体の美文調（あるいは散文詩）となっており、『即興詩人』に心酔した人たちは後で「鷗外にだまされた」と述懐した。

たとえば、冒頭の文章などは、まさに『方丈記』にも劣らない美文調である。

羅馬に往きしことある人はピアッツア、バルベリイニを知りたるべし。こは貝殼持てるトリイトンの神の像に造り做したる、美しき噴井《ふんせい》ある、大なる広こうぢの名なり。貝殼よりは水湧き出でてその高さ数尺に及べり。

若き日の小泉信三や西洋美術史研究家の澤木四方吉も、この名訳に酔いしれた仲間だった。二人はローマに足を入れたとき、真っ先にトリトンの噴水のあるバルベリーニ広場を訪れている。後者は友人の水上瀧太郎に宛てて、「今朝起きてみると、空は高く澄んで日光が溢れていた。秋はまだここには訪れていない。地図をたよりに大使館へ赴く途《みち》に、ピアッツァ・バルベリイニに出た。（省略）『即興詩人』の書き出しを、ロオマの第一日の朝に懐かしく繰りかえそうとは全く予期しなかった欣《よろこ》びだった。トリイトンの像は水苔むして美しく古びていた」とその感激を報じている（『美術の都』）。

だが、『即興詩人』のロマン派的熱狂とロマンスにみちた物語の他に、もう一つのトリトンの噴水の物語がある。それは、帰国後まもなく、西脇が発表した「トリトンの噴水」と称する長い散文詩だ（『シュルレアリスム文学論』に収録）。

作品の冒頭にバルベリーニ広場の古ぼけた写真を挿入してあって、その下には「トリトンの噴水の自動記述を行った町」という説明が付けられている。もちろんこれは架空であって、西脇は英文詩集『スペクトラム』（*Spectrum*）を自費出版したために、イギリス留学から帰国の折にローマには旅行していない。

またこの散文詩の本文も、フランスで流行した無意識の自動記述ではなく、彼の明晰な頭脳が生んだ一種の即興的な風刺文学と言っていい。彼は物語の枠組みとして、「マダム・サピアンスの晩餐に昨晩招かれてキュプロスの第一日を過ごした」と架空のプロットを設定している。

初めは辞退したが遂行つた。食事が済んで女が皆んな別の室へ行つた後で、電気が消され、蠟燭だけの光りになつた。壁にかゝつてゐるヴィーナスの生誕の画のヴィーナスの足と薔薇を吹いてゐる男の頰が見えるだけであつた。（省略）サピアンス夫人を初め、もろ〳〵の女がToilette に行つてゐる間に私は考へた。人間はナタ豆のやうに青くなつた。

このあとに語り手の長い内的独白（瞑想）の形で、これまでの日本の近代文学史にも未曾有な博覧強記の文学論が続く。西脇は大学の夏休みに百冊ばかりの文学書を図書館から借り出して、そのおもしろい箇所を目くるめくような早業でパロディーしている。ほかの詩人や学者にはまったく真似ができない。サブ・プロットとして、ペトロニウスの『サテュリコン』を自由自在に活用しているが、これはフェリーニの映画『サテリコン』でも扱われた有名な「トリマルキオの酒宴」の場面である。しかし、西脇の脳髄に映る世界文学についての才気煥発な警句の連発は、即興詩人のアンデルセンにも鷗外にも想像がつかない知性の饗宴であり、まさにモダンな詩人による「知識《サピアンス》の館」へのいざないと言えよう。

そして物語の最後は、

修辞学は終つた。修辞学は噴水学に過ぎない。サピアンス夫人等は噴水である。その時電燈が再びつけられた。是等の男の頭は影を失つて、子宮の形態を回復した。

と初めにもどる。このような新しい散文形式は、ジェイムズ・ジョイスの『フィネガンズ・ウエイク』を措いてないだろう。西脇は昭和八年に『ヂオイス詩集』の中で、その一部「アンナ・リビア・プルラベル」の内的独白を翻訳している。しかし、「トリトンの噴水」の特徴は、何よりもその知的な乾いたスタイルであろう。

帰国した当時の西脇の生活は、服装においても文体においても、ダンディズムの極致であった。すべての点において日本人離れをしていて、一種の「故国喪失者」であった。一時は「ジェイコブス・フィリップス」のペンネームを使って、まるで異邦人のように誇張した日本語を扱った。『アムバルワリア』の末尾に収録されている「失楽園」の連作のスタイルも、その典型と言えよう。

けれどもおれは
諸々なる機械職工と幼稚園でひつぱられてゐる
一個の小丘の斜面に

おれは地上権を購入してさうして
おれは自分に
一個の危険なる籐椅子を建造せり　（「世界開闢説」）

これは帰国後に一時、大学に近い白金三光町の坂上の貸家に住んだことにふれたものだが、およそ通常の文体とはかけ離れている。この連作は初め「三田文学」に発表されたときはフランス語で書かれていた（編集者の求めに応じて翌月号に日本語版を載せている）。同僚の堀口大學にみせたところ、彼はなんとも返事をしなかったという。それは当然で、『月下の一群』のスタイルとはまったくちがっていたからだ。西脇のスタイルはヴァレリイの散文に出てくる「テスト氏」に近い。ロマン派の好む感情的なことは一切排除されている。もう少し引用をしてみよう。

未だ暗黒である
足の指がおれのトランクにぶつかる
空気の寒冷が樹木をたゝく
七面鳥が太陽の到来を報告する
家禽家が毛糸のシャツを着て薪を割る
極めて倹約である

旧式なオロラが薔薇の指を拡げる
貧弱な窓を開けば
おれの廊下の如く細い一個の庭が見える
養鶏場からたれるシアボンの水が
おれの創造したサボテンの花を暗殺する
そこに噴水もなし
ミソサザイも弁護士も葉巻《シガー》もなし
ルカデラロビアの若き唱歌隊のウキボリもなく
天空には何人もゐない

百合の花の咲く都市も遠く
たゞ鏡の前で眼をとづ

こうした初期の諧謔的なスタイルは、多分に『月に吠える』の中のイロニーの手法から学んだものであった。西脇は萩原朔太郎を「師」と呼び、「僕は萩原から出発した」と告白している（「MAISTER 萩原と僕」）。これはただの風刺と喜劇のレベルで、「ギリシア的抒情詩」篇でみてきたような本格的な「絵画への旅」はまだほとんど始まっていない。わずかにルカ・デラ・ロビアのイメージ（浮き彫り）にその気配が感じられるだけだ。

II　二大潮流　萩原朔太郎と西脇順三郎

1　音楽派と絵画派

西脇順三郎の詩論を読んで、彼を「ヴァレリイ的冷徹」をそなえた詩人であると評したのは、萩原朔太郎であった。「ポオル・ヴァレリイは、テスト氏という架空人物に自己を託して、透明硝子人間のような人を描いている。それは何事にも感動を持ち得ないほど、知性の冷徹した聡明非情の人物である。（省略）西脇氏の詩論は、思うにこのヴァレリイを祖述して居る。氏はおそらく、自分を硝子人間のテスト氏に表象し、影のない人間の夢を考えて居るのだろう」と分析している。そして、西脇を「感覚脱落症」と命名した。その意味は、「詩からその歌おうとする心の欲求、即ち生活感情を一切抹殺してしまって、単にレトリックとしての形態だけを、興味の対象として見て居る」ことをさしている（「西脇順三郎氏の詩論」、「椎の木」昭和一二年二月号）。

前に見てきたように、萩原は「ギリシア的抒情詩」の詩法を高く評価しており、また詩論家としてもその明晰な理論に共鳴している点も少なくない。「この西脇説は、詩の方法論的形態論として確かに正しい」また「西脇氏と私とは、この点でまったく完全に一致して居る」とも書いている。それならばなにが問題なのか。

一つには、萩原流のロマン主義の後退と、それに拍車をかけている新しい詩壇の散文詩的な兆候である。彼ははっきりと言う。「日本の詩と詩壇とは、最近に至ってヂレッタンチズムのあらゆる病癖を暴露した。そしてこの悪しき潮流への指導者が、実に西脇順三郎氏であったのである」。これは単なる個人の詩観をこえて新旧詩壇の潮流の対立であった。そこに二人の関係の歴史的な意味があると言えよう。

昭和一一年に『氷島』の序文で、萩原は「近代の抒情詩、概《おおむ》ね皆感覚に偏重し、イマヂズムに走り、或は理知の意匠的構成に耽《ふけ》って、詩的情熱の単一な原質的表現を忘れて居る」と前置きして、この詩集は「すべての芸術的意図と芸術的野心を廃棄し、単に『心のまま』に、自然の感動に任せて書いたのである」と宣言している。『月に吠える』や『青猫』などのはなばなしい実験の後で、彼は素朴詠嘆の抒情に後退していった。先述の「西脇順三郎氏の詩論」の中で、彼は自分を正統のソクラテスになぞらえ、西脇を邪説のソフィストの徒として攻撃しているが、ここには萩原の反時代的なポーズがあると言っていい。わざと誇張した高姿勢に、どこかドン・キホーテ的な憂い顔の騎士の面影がうかがわれる。やがて彼は「四季」派の抒情詩のほうへ接近し、「日本回帰」を遂げていくのだ。

昨年、萩原葉子さんがなく亡ったとき、同家所蔵印のついた多くの著書が古書店に出回ったが、その中に「西脇順三郎様　萩原朔太郎」の署名入りの献呈本が混ざっていた。どういうわけで西脇宛の当時の献呈本が著者のところにあったのかは謎だが、確かに言えることは同書が実際に送られたにしろ、西脇の手元には届かなかっただろう。私は故意に謎めいた推理小説的憶測を、ここで働かせているわけではない。ただ、萩原好みのポーの名作「盗まれた手紙」に倣って言えば、たとえ名宛人の手元に送られたとしても、永久に「読まれなかった手紙」に終わったのではないか。なぜなら、「椎の木」（昭和一一年二月号）ですでに西脇は、萩原さんの帽子は「僕の頭には大きすぎる。（省略）新聞紙を中に入れて、かむって歩くことは寧ろ失礼である」と率直に告白しているからだ（「MAISTER 萩原と僕」）。

その後、西脇自身も永久にヴァレリイ的「透明硝子人間」にとどまったわけではない。彼は三〇年後に昭和初年代の知性の祝祭を振り返って、当時の教え子の瀧口修造に次のようなほほえましい回想の詩を送っている。

ピヒョークサイ！
われわれは最近発見された
新しい関係にかくらんされたが

まだ読本の幼稚へもどる
術を弄することを知つていた
マルタの橋を
ナナセンの「ゴールデン・バット」を
すいながらまだあまり笑わないで
渡つて行つた
サラセンの小麦をたべに
醬油のしみた黒い階段の下へ
われわれは集つて
ステーンレスのほそながい
バベルの塔の構作を
脳髄の陰謀としてたくらみ
それを青写真にとつた
法王にこれを抵当に入れた
永遠のガラスの中に首を
突きこんだあのカレンの日！

（「テンゲンジ物語――瀧口修造君へ」）

冒頭の感嘆詞はギリシャ語で「悲しみ」を表しているが、この詩には諧謔の裏にノスタルジックな感情が含まれている。題名の「テンゲンジ物語」とは当時西脇が住んでいた麻布区（現・港区）の天現寺橋付近の自宅のことで、講義の後毎週のように瀧口らはここに押しかけて、深夜までダダやシュルレアリスムについて熱っぽく語り合った。そして、西脇が最初の詩論集『超現実主義詩論』を出したとき、瀧口に「ダダからシュルレアリスムへ」という解説文を求めている。これが瀧口修造の将来を決定した。彼は忠実なシュルレアリストとして生涯を貫いた。後に彼は「西脇さんはシュルレアリストとはついに自称しなかった」が、私にシュルレアリスムの純金の鍵をくれたと述懐している。

ここで萩原と西脇との原理的対立に立ち帰ってみよう。戦後の「荒地」派の詩人・黒田三郎は「我々が新しく過去をふり返る時、我々は二人の詩人、萩原朔太郎と西脇順三郎を見出し、我々の内外にある此の異様な対比から第一歩を始めねばならぬ宿命を切実に感じる」と言っている。一口に言えば、二人の対立は基本的にロマン派の音楽の詩人と古典派の絵画の詩人との違いだろう。萩原が音楽を愛してマンドリンを演奏し、これにたいして西脇は絵画を好み、絵筆をとった。このことは二人の詩を考えるとき象徴的である。一九世紀の象徴派はつねに詩を音楽になぞらえ、二〇世紀のモダニストは詩を絵画になぞらえる。抒情詩の本質は時間性にあり、それは音楽によって一番よく象徴されよう。『青猫』の序文で、萩原は自分の詩を「霊魂《れいこん》ののすたるぢや」と呼び、「横笛の音」にたとえ、「げにそれのみが私の所謂《いわゆる》『音楽』である。『詩はなによりもまず音楽でなければならない』という、その象徴詩派の信条たる音楽である」と説いている。

一方、西脇は『アムバルワリア』でもっぱら空間的な絵画の祝祭を楽しんできた。それはすべて「テラコタの夢」の世界にすぎなかった（「カリマコスの頭とVoyage Pittoresque」）。しかし、祝福された時代はそう長くは続かない。やがて「学問もやれず／絵もかけず」（『旅人かへらず』二八）暗い日々を過ごさざるを得ない戦争の時代が到来した。彼の内で時間的意識がよみがえったのは『旅人かへらず』（昭和二二年）である。

2　女の立場　『旅人かへらず』はしがき

旅人は待てよ
このかすかな泉に
舌を濡らす前に
考へよ人生の旅人
汝もまた岩間からしみ出た
水霊にすぎない　（一）

ここには明確な時間の詩学がみられ、戦前のモダニスト詩人たちを困惑させるに十分であろう。

戦争中に亡くなった萩原朔太郎がもし戦後まで生き延びて『旅人かへらず』を読んだら、「透明硝子人間」にもついに「生活感情」が戻ったことを喜んだかもしれない。西脇自身も「若き日の芸術家は／透明な思考を憧れるのだ／今は材木がなつかしい」と認めている（『近代の寓話』「呼び止められて」）。

五三歳になった西脇順三郎は、この詩集『旅人かへらず』で、『アムバルワリア』になかった「幻影の人」という新しい人生観を打ち出した。そして「路ばたに結ぶ草の実に無限な思ひ出の如きものを感じさせるものは、自分の中にひそむこの「幻影の人」のしわざと思はれる」と述べている。永劫とか、無限という意識が、彼の詩業に顔を出し始めた重要な転機の詩集と言えよう。これ以降は『えてるにたす』（「永遠」の意）から最後の『人類』まで、この「永遠」の思考をめぐって展開するようになる。

しかし、だからといって、西脇に絵画的傾向が消滅してしまったと断定するのは早計だろう。たとえば『旅人かへらず』には次のような色彩的感覚が濃厚に残っているからだ。

色彩の世界の淋しき
葉先のいろ
名の知れぬ野に咲く小さき花
色彩の生物学色彩の進化論

色彩はへんぺんとして流れる
同一の流れに足を洗はれない
色彩のヘラクリトス
色彩のベルグソン
シャヴァンの風景にも
古本の表紙にも
バットの箱にも
女の唇にも
セザンの林檎にも
色彩の内面に永劫が流れる　（一二〇）

この最後の「色彩の内面に永劫が流れる」という言葉に、西脇順三郎の新しい時間の詩学と空間の詩学との融合がみられると言っていい。

ところで、もうひとつ、「はしがき」で見落とすことができないのは、「幻影の人と女」という結びつきである。西脇はほかのところで、若いときからニーチェを愛読したこともあるが、『超人』の倫理に至って、行きづまった、と述べているが（「人生派からデコル派まで」）、この詩集も「超人」や「女性機関説」に正反対なものである、と「はしがき」で断っている。そして「この詩集はさうした『幻影の人』、さうした女の立場から集めた生命の記録である」と結んでいる。萩原もニーチェを愛読したが、彼はニーチェのロマン派的憂愁と反女性主義を愛し、最後まで悲壮な父を演じ続けた。ここには二人の詩人の文化論的対立が見られる。西脇は日本の近代詩人の中で、もっとも女性を中心とした意識を表現した詩人と言えるだろう。「めしべは女であり、種を育てる果実も女であるから、このいみで人間の自然界では女が中心であるべきである。男は単におしべであり、蜂であり、恋風にすぎない」と「はしがき」でも述べている。

戦争中の多くの国民詩人たちの「ますらおぶり」に反発して、西脇がことさら女性の立場をとって物のあわれの意識を扱ったことは意義深い。高村光太郎の詩を彼は「英雄豪傑」の詩と呼んでいる。和辻哲郎は『日本精神史』の中で「物のあわれ」の伝統にふれて、「それは平安女性文学の産物なので、一面においてめめしい」(「物のあわれについて」)と指摘しているが、確かに『旅人かへらず』には清少納言の『枕草子』に似た趣きがあると言えないことはない。しかし、芭蕉にしろ、『方丈記』の作者にしろ、すべて隠者文学者は、ますらおぶりの世界を凌ぐ強靭な批判精神を宿しているのではないだろうか。

3　鳥居清長からクールベの女まで

単に『旅人かへらず』ばかりでなく、その後の西脇の詩業を考えるとき、「女の立場」という言葉は、見逃せないキーワードと言っていい。さまざまな女の象徴を借りて、この時期から西脇は自己の深い物思いを言い表していく。たとえば『近代の寓話』のこんな忘れがたい詩行がすぐ浮かんでくるだろう。

とりのこされた今宵の運命と
かすかにおどるとは
無常を感ずるのだ
いちはつのような女と
はてしない女と
五月のそよかぜのような女と
この柔い女とこのイフィジネの女と
頬をかすり淋しい。（「無常」）

ここに扱われている女は、普通恋愛抒情詩にみられるような現実の女ではない。それは表題にあるように「無常」を象徴するイメージにすぎない。まさに「幻影の女」である。西脇はこう述べている。「女を愛するのは女の愛などが欲しいのでもない。生殖愛を求めるものでもない。ただ自分の心理を象徴してくれる顔色と眼と頭髪と表情などの外面的な彫刻的乃至肖像的な物を出すに幾分都合がよいからである。この種の希望の世界を単に生殖界と混同すると我の話は太陽を沈めさせることがある」（『輪のある世界』「人形の夢」）。これらの象徴はみな文学の中からとられてきているが、西脇の作品には例によって絵画や美術一般から由来したものも、それに劣らず多い。

まず初めに『旅人かへらず』の表紙は鳥居清長の浮世絵《菖蒲の池》から取られたもので、今年（二〇〇七年）に、千葉市立美術館でその実物を初めて目にすることができた。これはシカゴの美術館に所蔵されている逸品である。ほかにも同詩集の中には「国貞の描いたやうな／眼のつりあがつた女」（八九）が出ている。また後の詩集にも、「ハルノブのポルネーの／ようなこしをして」歩いたとか、春信の浮世絵へ言及した作品もある（「スフィンクス・イケダ」）。『旅人かへらず』は直接に浮世絵にかかわりがなくとも、「或る女がゴーガンの絵と／桔梗をもつて／来てくれた／秋の日」（九一）のように、全部の作品が女性の立場から集められた生命の記録となっている。

そして、この詩集以降になると、順を追って絵にちなむ女性像へのアリュージョンが頻度を増していく。たとえば、『近代の寓話』では、ゴーガンやジョルジョーネの女たちのほかに、「ポンタヴァンの木彫の女」（「フェト・シャンペエトル」）とか、「コランの裸女が／虎のようなしりをもちあげて／ねそべるのだ」（「五月」）というイメージまで出てくる。前者はマイヨールのことで、また後者は日本の近代洋画の父・黒田清輝が洋行したときに師事したフランスのアカデミズムの画家ラファエル・コランである。何年か前に東京ステーション・ギャラリーで展覧会が催されたとき、私はそのあまりにも典雅な裸体画に驚嘆した。そのほか『第三の神話』では、「ジオヴァンニイ・ダ・

ボローニヤの女／となり噴水の上に腰をひねって／立っている」（「第三の神話」）。かと思うと『失われた時』の意識の流れの中では、豊満な裸体画の「クルベの眠る女」となり、さらに

失われた眠りをさがす女の
眠りの中に眠りをさがす女の
幸福のさびしさに永遠の中に
さまよう女の川ながれの冬眠！（「失われた時」IV）

と水に溺れていくオフィーリア的女性のイメージと化している、まさに変幻自在というほかないが、『第三の神話』に「無限な女を追うさびしさに」（「茶色の旅行」）という詩行があるように、やはり西脇にとって女は象徴であり、「幻影の人」に近い存在なのだ。西脇の女性観はフロイドの性的現象よりも、ユンクの「女性原型《アニマ》」のほうに属している。

アモールを殺すものはエロスと結婚
生命の発生と破壊——生の神秘
水晶のような女
このため息のうるしの木

十月の八瀬大原の道に
色あせた果《み》の
野ばらの言葉
幻影は最高な現実で
もの思いは最大の実在だ
あなたは過去の女であり
現在の女であり永遠の女　（『近代の寓話』「道路」）

西脇順三郎の詩集をめくっていくと、坊主めくりのように、どの頁でもこの永遠の女にめぐり会う、と言っても過言ではない。まるで無意識の底から浮き上がってくる女の原型のようだ。作者の言葉を借りれば、それは果てしない「女の野原」であろう。

指先が女神のつゆにぬれる
香いは昔住んだ庭をおもわせる
この切られた女の野原　（『豊饒の女神』「女の野原」）

III　西脇詩の原風景

1　信濃川と郷里小千谷　風景としてのふるさと

まえに『アムバルワリア』時代の西脇を「故郷喪失者の文学」と呼んだが、このあたりでもう一度、彼の詩の原風景を考えてみたい。人はどんなに故郷から遠ざかっても、生涯、故郷のイメージから自由になることはできない。

例の「旅人」という作品で、彼が「郷里の崖を祝福せよ」と言ったのは、小千谷を流れる信濃川畔の崖を念頭に置いていたらしい。晩年に詩人がそう語るのを何度も聞いたことがある。無論、詩のイメージは多義的なもので、一つの意味に限定することは戒めなければならないだろう。

ロマン派的気質の抒情詩人には、郷里は特別な情緒を喚起させるのが常だ。たとえば、「石をもて追はるゝごとく／ふるさとを出でしかなしみ／消ゆる時なし」などと歌った石川啄木は、「かにかくに渋民村は恋しかり／思ひ出の山　思ひ出の川」と故郷を愛惜してやまない。また、「ふるさとは遠きにありて思ふもの」（「小景異情」）という室生犀星の詩を思い浮かべれば、それはすぐに認められるだろう。だが、西脇には、そのような「ふるさと」のエティモロジーはない。通俗な感傷を断ち切ることのうえに、彼の詩学がもともと成り立っていたからだ。

晩年の詩集『鹿門』の中に「風景」という詩があるので題名の由来をたずねたところ、「ああ、あれは頼まれた雑誌の題名が『風景』だったからですよ」と、さりげなく答えられた。詩の内容は同僚の有名な大学教授の母親が熱心な日蓮宗の信者で、毎月初めに参詣したことの、いわばゴシップである。西脇順三郎にとっては、その祭礼が何とも言えないおもしろい風景であったのだろう。この詩人にとってはすべての歴史（物語）は、時間的内容を抽象されて、空間的な風景にすぎないのだ。

たとえば、昭和三七年夏に小千谷へ帰郷した時に書いた一連の作品でも、

なんらの影響なく
私は橋を渡つて
生れた町の坂を上つた　（『宝石の眠り』「すもも」）

のように、わざわざ「なんらの影響なく」と断っている。それに続く詩行はただのおもしろい風景

や絵の取り合わせにすぎない。

いまでもザクロが
あの引退した院長の垣根に
咲いているだろうか
パラフィン紙がかけられた
黄色い表紙に描かれた
あのざんぎりの頭の
男が
首をかしげて
何を考えているだろうか

夏の花崗岩の林檎の
赤い花は
地獄の季節だ
バンヴィルに出したランボオの手紙
マラルメのかいた古代の神々

土の夕暮
石の夜明け
長崎のシナ人が描いた
絹のザクロの絵を
だまされて買つてきた
やせたおやじの肖像に
白い雲がうつむいている

この意識の流れの連想は、郷里の垣根に咲くザクロの記憶から、フランスの叢書版詩集に描かれている「ざんぎりの頭」の若い詩人ランボオやマラルメへ移って、またもう一度ザクロの話にもどっている。そして最後の「おやじ」は順三郎が十八歳のときに亡くなった父親寛蔵の回想だが、ここでも時間的な要素はすっかり拭われて、完全な風景の一部と化しているのだ。つまり、ロマン派の抒情詩人のような感情を歌うのでなくて、ただ面白い思考の連結(イメージ)を楽しんでいるにすぎない。

さすがに晩年にはだれも郷愁にとらわれやすい。彼の最後の詩集『人類』(昭和五四年)には「郷愁」という題の詩がある。その中で「なにしろ/絶大な孤独感におそわれるのが/人間の故里の宿命でどうしようもない。」と語っている。だが、それでもこの詩はいわゆる詠嘆とは程遠い。イソップ物語のような、ただの田園の記憶にとどまっている。

夏の日は晴れわたる
近江の人森先生の博物の時間
この田園の憂鬱は学名が衰えて
郷音が栄えることである
ゲンゴロウはゴウガメになる
でも先生は子供のカイギャクとみなして
女のようにホホホホホと笑った。（「郷愁」）

むしろ、西脇順三郎の深層のイメージをさがすなら、水のイメージであろう。「信濃川、静かにながれよ」というフレーズは、彼の作った校歌にもみられるが、その深層のイメージはやはり、『旅人かへらず』冒頭の詩行に見出されよう。前ににも少し引用したが、その先をもう一度、味わってみたい。

汝もまた岩間からしみ出た
水霊にすぎない

この考へる水も永劫には流れない
永劫の或時にひからびる
ああかけすが鳴いてやかましい
時々この水の中から
花をかざした幻影の人が出る　（一）

ここには西脇の水のイメージの深層が含まれている。「泉」か「川」かというような区別は問題でない。西脇は明らかに「水の詩人」である。この後の詩集『失われた時』の第IV部の後半（発表原題「水」）にはながい「水づくし」が続いている。論語に「仁者は山を好み、知者は水を楽しむ」と言われているように、西脇の詩的連想はまるで水の表面を奏でる音楽の軽やかさが感じられる。それは知性の軽やかさにほかならない。鈍重な抒情詩人の人生感情とはちがい、深い思考の中にもイメージのきらめきを蓄えているのだ。意識の流れの手法を駆使して人間の深層の物語を書いたジェイムズ・ジョイスも、『フィネガンズ・ウェイク』でやはり川のイメージを扱っている。

フィネガンのプルラベラは葦のなげきだ
塔からおりたケルトの薄明の男の
最後の歌は寝室係の女の第一と第二

の歌をささやいたが
ノアの洪水のあとの人魚の
悲しい歌は歌つてはならない
それは人間を再び放浪の海へ流すからだ
一枚の枯葉が水の記憶にぬれるように
永遠の追憶に人間をぬらすからだ
このことは人間の言葉でいうべきでない
水は水へ神秘は神秘へ流すのだ（IV）

念のために加えておくと、冒頭のジョイスに続く言及は、同郷の詩人イェイツについてのものである。彼は最後のロマン派の詩人として『ケルトの薄明』や詩集『塔』をあらわしたが、最後の詩集ではもっと卑近な寝室係の女たちの歌を好んだ。ロマン派的幻想から人間の現実への変貌として、一部の者からは歓迎された。なおジョイスの「プルラベラ」は、いわばダブリンを通って海へ流れるリフィー川の「幻影の女」である。『フィネガンズ・ウエイク』の中で、この水霊のさまざまな追憶の声が聞かれるのにならって、西脇も『失われた時』（昭和三六年）の末尾で自分の内なる「幻影の人」の意識の流れをたどっていく。

溺れようとする男のように
生と死のさかいをさまよう
永劫の海原にただよう
グローリアグローリア
潮の氾濫の永遠の中に
ただよう月の光りの中に
シギの鳴く音も
葦の中に吹く風も
みな自分の呼吸の音となる

このあと二〇行に近い無意識の連想の記述は現代詩の極限と言えるが、ここでは割愛して、ただ末尾の部分だけの引用にとどめたい（途中から濁点が取れているのに注意）。

ねむりは永遠にさまようサフサフ
永遠にふれてまたさまよう
くいながよぶ
葦

しきかなくわ
すすきのほにほれる
のはらのとけてすねをひつかいたつけ
クルへのモテルになつたつけ
すきなやつくしをつんたわ
しほひかりにも……
あす　あす　ちやふちやふ
あす
あ
セササランセサランセサラン

　永遠はただよう

蛇足な注釈を付け加えておけば、「クルへのモテル」はクールベのモデルであり（眠れる裸婦の絵がある）、「セササランセサランセサラン」は、例の『フィネガンズ・ウエイク』に出てくる川波の擬音で、「あちらこちらへ」という意味の英語からなっている。詩集『音楽』などでさまざまな音韻の実験をしている那珂太郎も、この『失われた時』の大胆な試みには驚嘆した。これを単にジョイスの模倣だとか技法の問題と片付けてしまうことはできない。なぜなら、そういう新しい連結法を自在に駆使して、ここには西脇流の「幻影の人」がみごとに表現されているからだ。

2　多摩川と多摩人《たまびと》

今ひとつ、西脇順三郎の詩の原風景として見逃すことのできないものに、多摩川がある。東京で生涯の大半を過ごしてきたこの詩人にとって、多摩川は欠くことのできない散策の場所だった。エドマンド・スペンサーの有名なテムズ河畔の歌（「プロサレミオン」）にならって、「ああうるわしいタマよ／わが思いの尽きはてるまで／しずかに流れよ」とたびたび歌っている（『壌歌』Ⅳほか）。そのほかにも、「都の憂鬱にめざめて／ひとり多摩の浅瀬を渡る」（『近代の寓話』「たおやめ」）などがある。多摩川が彼の詩集に出てくるのはいつからだろう。それは戦前の日常生活の屈折を書いた『旅人かへらず』からである。いくつか作品を拾ってみよう。

　のぼりとから調布の方へ
　多摩川をのぼる
　十年の間学問をすてた
　都の附近のむさしの野や

さがみの国を
欅の樹をみながら歩いた
冬も楽しみであつた
あの樹木のまがりや
枝ぶりの美しさにみとれて　（四二）

成城に住んでいた柳田國男の家を訪ねて、よく多摩川べりを散策した。とくに『アムバルワリア』や『ヨーロッパ文学』を書いた華やかな活動の時代が終わって、日本が再び鎖国の時代になってしまった昭和一〇年代には、多摩川が西脇の鬱々とした気持ちを和ませる唯一の場所となった。それは故郷の信濃川を偲ばせるだけでなく、唐以来の詩人の生活に似ているからでもあろう。『第三の神話』の「自伝」という詩の末尾には、こう書かれている。

今はしかし
唐の詩人のように城外へ出て
この辺を歩いて
生垣になるサンザシの実や
ホウコグサなどを摘んだり

はてしない存在
を淋しく思うだけだ。

この頃から、西脇の思考には「古代人」の生き方が大きな関心となっている。彼が時々使う「多《た》摩人《まびと》」という造語も、やはりその一種である。具体的にこの造語が使われているものに、まず北多摩郡多摩村出身のモダニスト詩人・村野四郎の死を悼んだ次の散歩の詩があげられるだろう。

ああ
ふるさとは
かくも痩せて枯れて
冬草の中に明るくたおれる――
万葉の山々はるり色に
波うつて流れ去る
砧の音もたえて
去り行く幻影を
多摩の人と
惜む　（「多摩人――村野四郎君へ」）

村野四郎は戦前からいち早く海外のモダニズムの詩風にふれ、すぐれた即物的イメージの『体操詩集』（昭和一四年）で有名になった。西脇の追悼詩の後半には、そのもじりが含まれていて、故人が読むことができたら、さぞその諧謔を喜んだだろう。

垂直にぶら下つてみても
鉄棒に永遠の哀《あい》が
つたわつてくるばかりだ
でもわれわれは体操をやめないのだ
脳髄の体操を抒情の体操を
イルカのように天空へとび上がり
われわれのさか立ちが
麦の黄金のゆらぎになるまで――

ちなみに、村野の詩集には『抒情飛行』（昭和一七年）というサティリカルな内容のものもある、これは一般の抒情詩とちがい、西脇は少し先で普通の抒情詩人たちを「体操の敵ボヘーミヤ人の恋歌」と呼んでいる。言うまでもなく、このボヘーミヤ人はリルケをさす。

題名の「多摩人」とは、ここでは多摩出身者のあだ名として使われている例にすぎない。だが、古くから多摩丘陵一帯に住んだ人たちを念頭に置いたこの造語は、本来はもっと西脇の「幻影の人」につながるものだろう。それは次の「愛人の夏」（「i」という詩誌の同人との散歩に掛けたもの）にもみられる。

折口の多摩人《たまびと》とユーフラテスの
流れに出てみそぎをやつた

慶應大学の三田で同僚だった折口信夫とは西脇は親しい間柄で、互いに古代文学の研究者として関心を抱いていた。この詩の先にも出てくるとおり、多摩川べりには、松平定信（楽翁）の筆による万葉集の歌碑が立っている。これはよく和歌にうたわれる枕詞の六玉川のひとつで、「多摩川にさらす手作りさら〳〵に／なにそこの児のこゝだかなしき」という歌である。

われわれはまた自転車に乗つて来た
居酒屋の主人に道をきいて
松平の石にきざんだ万葉歌を
読みにびつこをひいたのだ

漢文の碑文を読む息も哽れていた
ただあごをあげるだけであつた

「多摩人」という用例は折口の語彙にみあたらないが、「万葉人」の好きな折口がいかにも使いそうな言葉として、ここでは書いたのだろう。しかし、折口の古代人の意識は歴史の過去性につながっているのに対して、西脇の古代人は「永劫の旅人」であり、超時間的な「幻影の人」にほかならないだろう。西脇には折口にみられるような古代人憧憬や他界とか神憑りの神秘主義は毛頭もない。西脇の「幻影の人」とは、「人間の存在それ自身に淋しさを感じ、人間の存在は孤独であると感ずるのである。孤独 Einsamkeit の存在論である」と、『古代文学序説』で述べている。したがって、それは沖縄（「古びと」）とか、古代史に限定されるものではなく、普遍的である。だから東洋ばかりでなく、「『ベーオウルフ』の背景にも『農夫ピエルス』の背面にもアーサー王の背面にも『幻影の人』が象徴されている」のだ（『古代文学序説』「序論」）。

3　「ふるさと」のエテイモロジー　人類・宇宙・永遠

今まで述べてきた「多摩人」とか「古代人」は、村野四郎の用語を借りて言えば「脱我的実存——エポケーの世界」にかかわり、芭蕉や陶淵明が西脇にとって親しい先達だった。

晩年の新聞の近況欄に、「最近は宇宙論的な心細さを感じる」と告白している。もともと彼には、ロマン派の詩人たちのような郷土への執着が希薄であることはすでに述べた。

私も一般近代人のように心のふるさとを失くしている。それでそうした自然詩人の中に精神的なふるさとを感じようとしている。李白の

「頭をたれて故郷を思う」

という一行は私に静夜の思いを感じさせる。ほとんどこの一行が私のふるさとであろう。

私は「ふるさと」という言葉で生まれた故里をいうつもりではない。なにか人間の根元的な存在を意味したいと思う。（「ふるさと」、「新刊ニュース」昭和四五年一月一五日）

晩年の詩になればなるほど、西脇の「ふるさと」は信濃川や多摩川を遠ざかって、人類とか、宇宙とか、ますます永遠へ近づいていく。いくつかの詩を年代順にみていこう。

むさしのは
一日中垣ねのむこうに
もやがはつている
すべてはぼやけて見えない

人間も
野ばらの実にぼけて
区別が出来ない
時々人間のせつない歌や
酒をのむ音がする
みえない石に
頭をたれてきく
雲のふるさとの
水仙を売りにくる
女の音が
する　（『宝石の眠り』「雲のふるさと」）

これはほとんど説明をする必要がない。詩集『禮記』（昭和四二年）にこれとイメージがほとんど変わらない作品がある。「ひとり歩く水仙の河原に／きよう限りの光りをおしむ／野原の端にめぐり会う／この野いばらの実につく／霜のめぐみの祈りよ」（「水仙」）。そこにはまだ時間の意識があるが、ここでは人間が植物と同化し、酒を飲んで歌ったりする声や水仙売りの声がただの淋しい音となる、時間のない風景である。そう考えると、題名の「雲のふるさと」も単なる遠い村里ではなく、現実のかなたの永遠の世界を示唆するものであろう。

ああなんと
春ランの香る
はてしなくめぐる
この野原にさすらう
人間のために
あかつきの土の杯に
霜の濁酒をそそいで
今朝の天空の光りを祝う
なんという栄華か
豆のかゆをすすつて
あつい生命のほとばしる
みなもとをひそかに祝う
ああ遠くつるのなく音に
旅人はふるえる
ふるさとへ永遠の回帰か　（『鹿門』「元旦」）

以前の詩集『第三の神話』に、高野の奥の松林に春ランを探しにいく詩（「しゅんらん」）がある。別にこの詩とは関係はないけれども、作者にとって「春ラン」は単なる「季語」ではなく、深い追憶に彩られたものだろう。それはともかく、元旦の新聞のための詩は、どうしても同工異曲になりがちだが、「雲のふるさと」にくらべて、ここでは「ふるさと」のエティモロジーとして、「永遠への回帰」が明確にされている。これ以上、元旦の詩を引用するのをやめて、長編詩『壤歌』（昭和四四年）の「あとがき」から作者の心境を直接にきいてみよう。

人間が地球という一つの天体の上に生活している以上宇宙という一つの永遠の世界の中に生活していることになる。そうしたことは人間にはどうしようもない宿命であって、陶淵明のいう窮達である。（省略）永遠の世界にくらべれば人間の世界などは瞬間的にすぎない。そうした運命に服さなければならない人間の存在それ自身は最高の哀愁である。

このような心境にもとづいて、西脇はまず自然詩人の先達たち、芭蕉と陶淵明に祈願する。「まずたのむ右や／左の椎の木立のダンナへ」という第二、三行は、二人の詩にたいするパロディである。つまり、芭蕉の有名な句「先頼む椎の木も有夏木立」と、陶淵明の「夏木独森疎」という詩句へ掛けている。冒頭からまじめと遊び半分で、表題の『壤歌』も陶淵明流の撃壌歌と冗歌の両義を備えているらしい。正統派の詩人や俳人たちの顰蹙《ひんしゅく》を買うかもしれないが、これこそ「俳」の精神であり、芭蕉の実践した遊びの精神ではなかろうか。

西脇は「はせをの芸術」で、「芭蕉の芸術の本質は俳道である。俳するということは冗談をいうことである。彼はいつも自然詩の中で冗談をいう」と指摘している（角川書店『芭蕉の本4』）。

次にこの長編詩ではシェイクスピアの「マクベス」をパロディーの下敷に使っているが、西脇がシェイクスピアをネタに使うのは、これが初めてではない、すでに『アムバルワリア』の中でも、「ヴェニスの商人」をもじった「紙芝居 Shylockiade」（シャイロック物語の意）を試みている。シェイクスピア自身、まじめな悲劇の中で、思う存分、冗談を混ぜた天才的「俳人」（ウィット）だった。

でも今日はサンデンで
マキアヴェリの王侯論と
シェイクスピアのトロイルスと
クレシデの中にあるユリスィーズの
王侯論の話をして来た　（I）

「サンデン」は講義に出かける三田の教室を「参殿」に掛けたものである。「トロイルスとクレシデ」の王侯論に続いて、いよいよ「マクベス」も登場する。これも王侯の座にまつわる権謀術数の世界である。西脇は現在の権謀術数の社会を風刺する格好の材料として、「マクベス」を選んだのだろう。

毎日のように
マクベスの悲劇と梅ぼしのにぎりを
石油会社からもらった
青いフロシキにつつんで
（省略）
ゾウシガヤへ用事に出かける　（同前）

わざと土俗的な地名を楽しむために、ここでは定年後に通った日本女子大のある雑司が谷になっているが、実際は戦後まもなくの三田の講義の記憶らしい。まあ、そんな裏話はこの作品の理解には無関係だ。「マクベス」を西脇が好むのは、シェイクスピアの作品の中でも、「遠いものの連結」が一段と激しいからである。詩集『失われた時』でも、この有名な詩行への引喩がなされている。

蟋蟀の音におびえるマクベスも

人間の存在を語る唯一の音を避けた　（Ｉ）

殺人を犯したマクベスが「何か音が聞こえなかったか」とおびえながら聞くと、夫人が「梟がさけんだり、蟋蟀が鳴くのが聞こえました」と静かに答える、「遠いものの連結」のくだりである。ほかにも『壤歌』では、「よく野原にみみをすましきいると／ただコホロギが鳴いている」（II）と、さりげなく扱っている。

そのかわりに、原作第二幕三場の有名な門番の科白（「でもトン　トン　トンか！」）が入っている。これは「冗歌」である『壤歌』に欠くことのできない材料だ。しかし、西脇の長編五部作は単なるシェイクスピアのパロディーではない。一方で「マクベス」の生存競争の世界を喜劇的に再現しながら、他方ではそういう世界と反対の永遠の世界をつねに念頭においている。たとえば

ただひとりウエハラを歩いていると
脳髄は青ざめた光りを発する　（III）

とか、「この宇宙的聞えない悲しみは／脳髄を蒼白にするのだ」（同前）という詩行が混ざっていたりする。それらの思念は意識の流れの中だから、一瞬に来てはまた去ってしまう。西脇はエリオットの瞑想詩『四つの四重奏曲』と比べて、「エリオットのような教会の説教でない」と主張してい

る。確かにエリオットのこの詩には諧謔が乏しい。『壌歌』の中で一番明確な「説教」の形をとっているのは、次のモナカ屋のおばあさんの会話だろう。それはこんなふざけた調子である。

「人間なんざまるでばかみたいな
いきもので自分たちが宇宙人だと
いうことをまるで知つていないだべ
この生ぐさい天体に巣を食つて
社会という新しい神の世界で
人間は自分たちの生存競争にすべての瞬間を
無意識に使つているんだよ
人間が住んでいるところは一つの
天体にすぎないがその天体は
宇宙に回転してのさばつている以上
人間は宇宙人だんべ……　（II）

むろん、これ自体が説教のパロディーだが、『壌歌』における「マクベス」の舞台回しの役割を十分に果たしているだろう。もっと、まじめな作者の声を聞きたい人には、次のような詩行がある。

でも億万の光年の遠いところ
から送られてくる悲しみと
絶望の放射線が生物の脳髄を
つきさす天体的悲しみの
宿命はさけられない
リポは頭をたれて故郷を思うが
それは単に桃の花咲く
ドブロクを作る村落のことでなく
もう少し遠い青ざめた国のことでも
あろうか
地球と同じように
生物のふるさとも永遠ちう
村なんだんべ （IV）

二千行に及ぶ膨大な長編詩『壤歌』の構成全体を扱うことは、小著の範囲ではない。ただ「ふるさと」のエティモロジーさえ明らかにできたら、ここでは十分だ。西脇の最後の詩集は『人類』と名づけられているが、これまでの経過でもその成り行きは予想できるだろう。八〇歳になったとき、たまたま詩人たちの座談会に出席して「もう僕は人類じゃないよ」と笑わせた。しかし、この頃にはもう、西脇の脳髄は天体的哀愁にすっかり浸っていたに違いない。『旅人かへらず』以来、ずっとエポケーの道を歩んできた。「荒地」派の詩人の北村太郎は晩年に西脇の『全詩集』を読んで、「西脇さんほど、永遠を問題にしている詩人は、少なくとも現代には一人もいない」と評している。私たちはもう一度、『旅人かへらず』の冒頭に立ち返って、彼の一貫した声に耳を傾けようではないか。

考えよ人生の旅人
汝もまた岩間からしみ出た
水霊にすぎない　（一）

IV　詩と溶け合う絵　西脇美術館

「詩は絵のごとし」（Ut pictura poesis）という言葉は、一般に詩の比喩的性質をさすものであろう。だが、西脇順三郎の比喩が絵画に負っている度合いは、他の詩人たちの例と比較にならない。これほど完全に詩と絵が溶け合っているケースはめずらしい。とくに戦後の本格的な詩作活動の再開を示す『近代の寓話』（昭和二八年）は、急激に絵画への言及であふれている。

昨年（二〇〇六年）九月の初めに、ぶらりと南青山まで詩画集『クロマトポイエマ』の回顧展をみにでかけた。その木造の画廊は広い通りからはずれた小さな公園の奥にひっそりと立っていて、その名前もつつましく、「ときの忘れもの」となっていた。合作者の詩人・西脇順三郎が亡くなったのはもう二四年まえで、もう一人の画家・飯田善國は四月に世を去ったばかりだ。その二人の時間がこの詩画展の一室で、ひっそりと重なり合っていた。

人間の存在は死後にあるのだ
人間でなくなる時に最大の存在
に合流するのだ私はいま
あまり多くを語りたくなく　（「近代の寓話」）

《クロマトポイエマ》が最初に京橋の南天子画廊で披露されたのは、三四年前であった。今でもはっきり覚えているのは、オープニングの夜に西脇順三郎が早々と現れて、展示の壁のまえに腰掛けていられたことだ。七九歳なのに、まだカクシャクとしていた。ついこのあいだ、「飯田善國を偲ぶ会」が催されて、当時の会場で若い飯田が西脇の肖像写真と向かい合っている構図を眺めてきたばかりである。この一途な飯田の姿は、彼の生涯を要約しているように思えた。

彼が戦争でぼろぼろになって帰還してから、慶應に復学したとき、文学概論の教室でみかけたのが、西脇順三郎であった。戦争で飢えていた彼の心には、そのぼそぼそとした単調な講義も、また枯淡な詩集『旅人かへらず』も、何の糧も与えてくれなかった。ただ、パレットクラブに属していた彼が、西脇のかくれた画作に興味をもち、自分たちの展示会にこの変わった教師をまきこもうとしたらしい。当時の研究棟で自作画のまえにポーズをしている西脇の写真が一枚残っている。それは昭和二二年頃で、飯田は二年後に文学部を卒業して、東京藝大の絵画科に籍を移している。

しかし、彼が西脇順三郎と本格的に出会ったのは、卒業後二、三年してからであった。その媒体となったのは、西脇の新しい詩集『近代の寓話』である。これを店頭でみつけて、パラパラッとページをめくったら、次のような詩行に衝撃を受けた。

四月の末の寓話は線的なものだ
半島には青銅色の麦とキャラ色の油菜
たおやめの衣のようにさびれていた　（「近代の寓話」）

これはまさに画家の眼である。東京藝大で油絵を学んでいた飯田にとって、この詩集は画家としての西脇の天啓の書であったろう。それから、西脇を足繁くたずねる飯田の巡礼の旅が始まった。確かにこの詩集には、戦後の西脇の絵画的関心が一挙に溢れている。前詩集『旅人かへらず』にも多少の絵への言及がみられるけれども、「学問もやれず／絵もかけず」過ごした一〇年間の生活が絵よりも人生的な感情のほうへ西脇の精神を傾けていた。だが、戦後にふたたびその重圧から解放されて、西脇の感覚は思う存分に絵の具の世界を跳ね回っている。『近代の寓話』には画家の名前や絵の言及が満ちあふれている。巻末に加えられた戦前の旧作を除いて、この詩集に登場する画家名の回数は三〇回にのぼり、人数で言えば一八名に及ぶほどだ。ピカソ、マティス、ゴーガン、ゴッホ、ルソーから、エル・グレコ、ボッティチェリ、ジョルジョーネ、デューラー、ダヴィッド、クールベ、ゴヤ、ラファエル前派にまで及んでいる。これは一冊の詩集にしては例がないことで、詩集よりもむしろ詩画集というほうがふさわしい。「はしがき」で「私の詩などは現代の画家と同じく永久に訂正しつゞけるのであつて、それは画人も詩人も同じことだ」と述べられている。だが、『近代の寓話』はまだ絵画への旅のスタートにすぎない。その後、詩集ごとに画家の数は膨れ上がり、『失われた時』では引用頻度三一回、画家の数で二〇人となっている。西脇詩を解く秘訣は絵画にあると言えよう。

これらの絵画的イメージを集めて西脇美術館を作ったという話を聞かないので、将来のためにその素描を示しておきたい。若い頃に書かれた「体裁のいゝ景色」という詩の中に、「世界がつまらないから／泰西名画を一枚ずつみていると」という言葉があるが、西脇美術館には世界の名画があれば大体足りる。パロディーをするには、誰でも知っている絵でなければ役に立たない。この詩人をどこかの美術館の館長にしたら、さぞ適任であったろう。

すでに彼の作品に出てくる幾人かのすぐれた画家たちをあげたが、もう少し系統だって説明してみたい。

1　グロテスクの画家たち　ピカソから写楽まで

詩論で「超自然」を標榜するこの詩人が作品の中で、「超自然」の画家たちに興味を寄せるのは、当然かもしれない。よく引き合いに出される近代の画家は、ピカソ、モジリアーニ、クレー、ミロ、ダリ、フォートリエ、それにムンクなどである。中でも、ピカソがもっとも多い。「ピカソ人は／皿の中に少年を発見／少年の中に皿を発見」(「アタランタのカリドン」)とか、「ピカソ／のメタモルフォセスのあの線が／ヘラヘラとバラになる」(「イフィヂェネアの剝脱」)など、枚挙に暇がない(共に『近代の寓話』)。これは必ずしも、西脇が芸術作品としてピカソの絵を好むというわけではなく、ただグロテスクの世界を代表しているからにすぎない。グロテスクとは、遠いものを連結することで、奇異なるものを言う。ピカソの絵で、奇異なるものの最大な作品は、おそらく《ゲルニカ》と《アヴィニョンの娘たち》であろう。

シェイクスピアの殺人劇「マクベス」をもじった西脇の五部作『壤歌』には、バンコーを殺した後に出てくるマクベスの不安の幽霊は、

青ざめた華麗なピカソの
ゲルニカのアヴィニョンの
まぼろしの奇術となるのさ　(II)

と描かれている。言ってみれば、ピカソの《ゲルニカ》(一九三七年)と《アヴィニョンの娘たち》(一九〇七年)は現代絵画のグロテスク大賞である。

もっと普通の日常の中で遭遇する奇異なるものとして、西脇は旅先でピカソの絵の構図を発見す

るのだ。

オシャマンベまでいくつかの湾を
めぐつてよろめき眠つたらしい
駅で戯れるために北海の
カニを五匹も買つたのだ
新しい火山の下に宿つた
また湖水のみえる温泉だ
記憶が正しければそこで
「アヴィニョンの娘達」を初めて
みたのであろうか　(『鹿門』「北海の旅」)

私の想像が誤っていなければ、これは温泉場によくみられるヌード・ショーか、混浴の女たちの姿だろう。ピカソの絵はバルセロナのアヴィニョン街にある娼婦たちを扱ったものである。ちなみに、西脇がピカソのこの傑作を実際に見たのは後のことで、昭和四二(一九六七)年秋に初めてニューヨークの近代美術館を訪れた。それまではずっと画集の複製画しか知らなかったのだ。それはともかく、詩人の頭の中では、一つの絵がいつも同じ世界を象徴するとは限らない。たとえば次の作品では、ピカソの絵それ自体の構図がかなりはっきりと描かれている。ニューヨークで見た実物の印象がよみがえったのかもしれない。

ああ
崖を見にまた
川をわたつて
枯れたオナモミにふれ
だまつて歩いたそのカクランの
アヴィニョンの酒場の女たちの
ヒシとりのキツネづらの裸の
女の生物の幾何学的の苦しみ
西瓜の半月の白いブドウの
むらさきの梨のたまごの
すべてのうす青のタイシャ色の
コンランの中にとりのこされた　（『鹿門』「ロクモン」）

川べりに茂る草むらのオナモミから《アヴィニョンの娘たち》へ一挙に飛躍する連想は、この詩人でなくては見られないだろう。その遠いものの連結の秘密は、オナモミのカクランで、ピカソのキュービズム的「コンラン」との類似ばかりでなく、もっと隠れたエロスの匂いがその奥にあると感じるのは私だけだろうか。この詩の後半では、散歩する詩人が立ち寄る店の内部が展開する。念のために説明を加えておくと、「モリヤ的階段」とは、よく詩人たちが出入りした神田の出版社・昭森社の急な階段を指すものだろう（ちなみに、ここの経営者の森谷均はロダンの有名な彫刻にちなんで「バルザック」という愛称で呼ばれていた）。だが、そんなことはどうでもよく、ここではただ急な傾斜の階段を意味している。

二階でセザンヌ的二人の農夫が
やせこけた指でヒシャー
見にあがつたモリヤ的階段を
地上最大の現象の結晶した世界
窓から坂をのぼつて行く男が見える
ロクモンらしい
野梅をかぎにきたのか！

セザンヌの人物画に《カードをする農夫たち》（一八九〇—九二年、口絵参照）があるが、ここでは将棋をさしている光景に変わっている。そして最後の「ロクモン」はもともと唐の詩人・唐彦謙のことで、彼はみずからを鹿門山に隠遁した故人にならって「鹿門先生」と称した。彼の「韋曲」にある「独り寒村に倚りて野梅を嗅ぐ」という表現への言及である。ここでは現世の栄華を離れた「愁人」の姿をさすものだろう。西脇の好む脱我的境地のタイプで、芭蕉の風雅に通じる。

ピカソになぞらえたもっと卑近な事物は、戦後間もない詩集『近代の寓話』あたりの作品にもしばしばみあたる。戦争中に蔵書を疎開させた千葉県印旛郡豊住村興津（現・栄町興津）の野平家を訪れた詩人は、そこのポンプがくねくね曲がっているのをみつけて、「ピカソならこの家のポムプにはさすがに／よろこぶのだ」と書いている（「粘土」）。

グロテスクは西洋だけの伝統ではない。日本では浮世絵画家の写楽を見落とすことはできない、あの諧謔にみちた写楽の絵はピカソに匹敵するだろう。彼は寛政年間に忽然と現れ、すぐに消えてしまった。彼の役者絵は「あまりに真に画かんとしてあらぬさまにかきなせし故、長く世に行われず一両年に而止ム」と『浮世絵類考』の著者は言う。有名な狂言「敵討乗合船」の女形役「宮城野」をみごとに演じた中村富三郎の役者絵が最高であろう。西脇は「グニャトミのお嬢のように／人間の最後の笑いを／笑う春の野原」（『鹿門』「春」IVアブラナ）と引き合いに出し、また、『壌歌』でも、次のようにふれている。

女の肖像といえば世紀の微笑の

モナリーザだろうがこれは本当の
女の肖像でグロテスクの諧謔は
すこしもなくガラスの微笑だ

と否定したあと、《宮城野》（口絵参照）にふれて賞賛している。

白いイタチが娘の髪飾りをして
得意になつてかすかな微笑を
ふくんだ満足の意識を
もらしているとでもいうか
人間というよりも動物感である
異様な風格をもつ知己
生物のもつ最大の愛嬌
この顔はイル・ジオコンド家のもので
なくカマド家にぞくしているかも知れない
（省略）
シャラクは洒落だ　（II）

とグロテスク論を大いに展開している。そして、この後に「すべて偉大な芸術の基本は／カリカチュールであるかも知れない」と、ドイツの美術批評家マイヤーグレイフの言葉を『モダンアート』（一九〇八年）第一巻から引用している。ほかにも、この奇才の浮世絵作家については、「写楽の江戸兵衛が出て来そうな天気だが」という言及がみられる（『第三の神話』「デッサン」）。

詩のイメージとして利用することとその絵自体が好きだということとは、必ずしも一致しない場合もある。ピカソの例がそれだろう。《アヴィニョンの娘たち》以降の絵はキュービズムに傾き、極端な幾何学的構図で「破壊の総体」と化している。余談だが、晩年に西脇がピカソについてのテレビ番組に出たとき、感想を求められて「大嫌いです」と即座に答えた。きっと好きだろうと思っていたインタビュアはすっかりあてが外れた。西脇は若い頃には近代芸術の美論として、グロテスクに興味はあったに違いない。しかし、あまりに奇異にすぎるものは美を破壊する、と考えていた。ピカソのように「芸術」の美と「自然」の美とは相反するものであるとはまだ信じきれない、と彼は述べている。そして「私はその両方を求めるからターナーもセザンヌも同時に偉大だと思う」と付け加えている（「自然と芸術」）。晩年になるにつれて、西脇はもっと調和のあるものを重んじて、ピカソの作品のうちではグロテスク以前の自然な写実を好んだ。私自身もお宅を訪問するたびに、画商の肖像画《ヴォラール》（一九一五年）を絶賛する言葉を何度も拝聴した。

2　自然と芸術　ゴーガンからセザンヌまで

その点、西脇にはピカソよりもセザンヌのほうが、はるかに自身の感性に適していたと言えよう。セザンヌは自然の風物をあくまでも損なわずに、写実を超えた純粋な芸術作品へと再構成する。そこには、同時代の美術評論家クライブ・ベルのいう「意義深い形態」（シグニフィカント・フォーム）がある。「ピカソは芸術は自然に反対すると述べているが、私にはどうも自然を排除できない」と西脇は言う。初期のピカソもさかんにセザンヌの画法を習得し、「セザンヌは、われわれ画家にとって、子供たちをまもってくれる父である」と敬意をささげた。『旅人かへらず』には、次のような詩行が含まれている。

蒼白なるもの
セザンの林檎
蛇の腹
永劫の時間
捨てられた楽園に残る
かけた皿　（二九）

ほかにも、前に引用した「色彩の世界の淋しき」に始まる一篇では、

シャヴァンの風景にも
古本の表紙にも
バットの箱にも
女の唇にも
セザンの林檎にも
色彩の内面に永劫が流れる　（一二〇）

という《林檎とオレンジのある静物》への言及がみられる。これを契機として、西脇の詩の世界には《赤いチョッキの少年》（一八九〇―九五年）や《セザンヌ夫人》（一九〇五年）《自画像》（一九〇六年）《カードをする農夫たち》《エンタックスの海》《樹木の中の家》などが引き合いに出されていく。とくに追憶の長編詩集『失われた時』には、セザンヌが幾度も連想されている。

林檎と壁が互にとけあっている
セザンヌのプルガトーリオ――　（Ⅰ）

向うの方からセザンヌの景色の中を
歩いて来る男がいる　(II)

ぼたんのとれたチョッキに
アップルに温室の壁によりかかる
アテナ夫人に神の祈禱がかくされる　(III)

「アタランタのように早く走らないと
男と結婚しなければならなくなる
セザンヌの林檎でもひろつてはならない
人の女房になるなら猿になつてもいい」
とうめもどきのしげみから
きこえてくる
とにかく林檎の世界からにげよう　(III)
といった具合に、頭の中央に髪を丸めたセザンヌ夫人を高い兜を被ったアテナの女神になぞらえたり、また美の女神の審判についての神話物語と交えたりしながら、西脇はつねにセザンヌに帰ってやまない。ここに猿の話が出てくるのは、ジョン・コリアの小説『猿女房』（「ヒズ・モンキー・ワイフ」）にひっかけたもので、この小説の記憶は『旅人かへらず』（一〇八）にも出てくる。

第二次大戦後、西脇はセザンヌに魅かれて、裸体画や風景画をさかんに描いた時期があった。西脇は「セザンヌ芸術の最高の作品は水彩画の中にある」と言う（「セザンヌの水彩」）。そして上野の「ヨーロッパ水彩画展」で見た《樹木の中の家》を逸品であると推奨している。最後の詩集『人類』（昭和五四年）の中には、「セザンヌの樹木の中の家／ドラクロアの樹木の水彩から」という詩行が見られる（「桂樹切断」）。ドラクロアは水彩よりも、むしろ強烈な色彩の写実家として、「ドラクルアのとらのくらやみ」（「パイ」）とか西脇の詩には幾度か出てくる。たとえば『壤歌』ではこんな調子だ。「昔この辺を通ったとき／うちのめされたエメラルド色の蛇が／赤い口をあけて血をはいていた／ドラクロア！」（II）。

『旅人かへらず』の時期に、西脇の自然回帰へのヴェクトルを示しているもう一人の画家は、ゴーガンであろう。これも単なる写実でなく、宗教性にまで高められた自然であった。彼はセザンヌと同じようにピサロから出発したが、印象派の写実にあきたらず、純粋な色彩と形態を求めてタチヒへ移住した。そして原始的生活の中に、ヨーロッパの退廃した文化にはもはや失われていた生命の祭祀をゴーガンは再発見したのだ。「ゴーガンの裸体のタヒチの人々／がすきだ殆ど仏画だ」と西脇は評している（『近代の寓話』「地獄の旱魃」）。日本でも短いモダニズムの祝祭の後、昭和一一年頃から時代は急激に混迷の様相を呈するようになった。二月に若手将校たちによる決起が挫折して、これを機会に軍部のファッショ化は加速していった。西脇が住んでいた渋谷区宇田川町のちかくで、決起将校たちの処刑が行われたその年の八月に、「むしゃくしゃしたので、東京を去って」、与瀬から相模川に出るあたりに「ゴーガンの村」を探しに出かけている(『梨の女』「ゴーガンの村」)。次の詩には彼の夢と現実が絡み合っている。結局、「ゴーガンの村」とは〈どこにもない世界〉、理想郷なのだ。

相模川の上流に行ってみなさい。
岩躑躅《いわつつじ》の咲く頃
ゴーガンの村になりそうな
河べりの里が谷の下にある
そこへ行ってみたい人に知らせるが
よせから橋本の方へ行く街道から
こうもりの先で山栗の枝を分けて
みると、そこには小路がかくれている
だがゴーガンが好きなのは
あの紅の腰巻やノアノアでない

あの裸の女の肌の色ばかりでない
あの原始的な詩情でもない
こゝがルソーと異なるところだ
画家としてすばらしい
絵はどう描くものか知つている
天地の切り方
人間の並べ方
暗《くら》さのつけ方
地平線と人間との関係
濃厚な色彩の憂欝性
もう思考はつきている
形像と色と明りの世界に
ひとり残されて
ひとり自分の頭の重さを感じるだけだ。（『近代の寓話』「野の会話」４）

これは普通の意味の詩というよりも、作者の美論になっている。むしろ、彼の純粋な絵画的思考のほうは次の「フェト・シャンペエトル」や、「生命の祭祀」の中に見出されると言っていい。

黄金のくらがりは
苔に包まれた
赤い縞の水仙の光りだ。
コント・バルバル
ゴーガンの野を想うのだ。
いたましい植物の臭い
恋情の茎の
畑の物語《ものがたり》だ
ポールが悪魔のようにきいている　（「II　フェト・シャンペエトル」3）

西脇の「ゴーガンの村」は、《ヴァイルマティ》（一八九七年、口絵参照）ほかの総体的印象であって、絵を特定することはむずかしい。最後の行はおそらくゴーガンの《自画像》（一八九二年）で、《マナオ・トゥパ.パウ》（死霊は見守る）の絵（同年）が背後に映っている構図をさすのだろう。ゴーガンはタヒチ滞在記『ノアノア』で、一緒にいた少女のおそろしい不安に詳しくふれている。そばでみまもる彼自身の姿も、暗闇の精霊のように、彼女の目には映ったにちがいない。
周知のように、ゴーガンはタヒチへ来る前に、ポン・タヴァンでゴッホの友人の画家エミール・

ベルナールと知り合い、ゴッホの招きを受けてアルルで短い共同生活を行った。ゴッホもまた、平板な写実に飽き足らず、強烈な色彩と形態を探した。セザンヌやゴーガンに続いて、ゴッホが西脇を魅了したのも当然だろう。『失われた時』の中で、ゴッホの絵はたびたび言及されている。

とうもろこしの畑には刈り取つた
茎がエゲアの怒濤のように積みかさなる
自分の耳を刈り取つた男が
刈り入れの祭りにおくれ大股に歩いて
はいつて来て戯れのように腕を動かす（II、発表原題「冠」）

ゴッホはゴーガンとの内的な葛藤が高じて、ついに彼を殺す代わりに自分の耳を切り落とす不幸な事件が生じた。この詩は《耳を切り落とした自画像》（一八八九年）にふれている。このほかにも西脇には、ゴッホの《刈り入れ》（一八八九年）を題材にしたもう一つの作品がある。それは次の「《秋の歌》」（『禮記』）で、ボードレールやヴェルレーヌの「秋の歌」に対抗して、西脇はすばらしい詩の世界を構築している。

ゴッホの

百姓のあの靴の祭礼が来た
空も紫水晶の透明なナスの
悲しみの女のかすかなひらめきに
沈んでいるこの貴い瞬間の
野原の果ての中に
栗林が絶望をさけんでいる
またあの黒土にまみれて
永遠を憧れたカタツムリが死んでいる
青ざめた宇宙のかけらの石ころも
眼をつぶつて夏のころ
乞食が一度腰かけたぬくみを
まだ夢みているのだ
土にとり残された一つの黄金のイガは
熟したイチジクのように口をあけて
秋の女神の残忍な実の
かくれどころをひそかにほのめかす
人間の永続への

なげかわしい
祈りを

ゴッホはオランダに住んでいたころ、多くの村人を人物習作のモデルにした。その中に木靴をはいた農夫の姿がある（たとえば《種まく人》〔一八八一年〕など）。西脇の観察は実に細かい。ちなみにオーデンは詩人に必要な条件として、「幼いときから田園の生活になじんでいること」と「鋤を鋤と言わないことをおもしろいと思うひと」（つまり、比喩を好むこと）をあげているが、これらの条件はみな西脇に適応している。本人も言うように、

とんぼ
蟻
かたばみ鬼百合
ほうせんか
しおん
と殆ど区別が出来なく溶けこんで
発生したことは僕という牧人の
田舎暦だ。（「自伝」）

幼いときにイソップ物語のような田園の世界を知っていたことが、後年にあの豊穣の女神の神話を育んでいく素地となるのだ。この「《秋の歌》」にみられる細部はゴッホの絵に負うとしても、それを十分に補う西脇の自然観察がこの作品を豊かにしている。作者をただ反自然の都会的なシュルレアリストと信じている人は、この詩を読んで誤りに驚くのではないだろうか。ほかにも、晩年にイギリスの郊外へ出かけたときに、西脇はゴッホを連想している。

睡眠の絶望は
旅人の唇の上で
青ざめた天使のたわごととなる
それは沼地と藪を通して
きこえて来るだけだ
でもそこはゴッホの「ジャガイモを喰う
家族」の晩めしの家を訪れるには
まだなまぐさい風だ　（『鹿門』「原罪《旅人の話》」）

この《ジャガイモを喰う家族》（一八八五年）は、暗いランプの下で農夫の家族たちがジャガイモをたべているグロテスクな写実画である。西脇にとってどうやらゴッホの絵はつきない霊感の源泉らしい。田園の風景と人物とが分かち難く入り混じっているからだろう。

3　肖像画の「見立て」　ゴヤからマネまで

先にあげた詩の題名「フェト・シャンペエトル」が、一六世紀の絵から来ているのは、改めて言うまでもない。別名《田園の合奏》（口絵参照）とも呼ばれ、野原で合奏している二人の男性たちのそばに、妖精と思われる裸の女性が一人は座り、もう一人は立ってフラスコから水を汲んでいる構図だ。この有名な絵はこれまでジョルジョーネの作品と言われてきた。最近は彼の弟子のティツィアーノの絵または合作ともみなされているが、いずれにせよ理想的な牧歌風景を描いたこの作品は、ウォルター・ペイターの『ルネッサンス研究』の「ジョルジョーネ派」の章で取り上げられている。マネやセザンヌやピカソなども、みなそれぞれ《草上の昼食》と題して、パロディーを描いてきた。西脇の次の作品もまた、ジョルジョーネのすぐれたパロディーと言えよう。

ジォルジオネの庭にふみ迷う
日が遂に来た。
泉のわきを牧人が通る。

フラスコをもち
裸の女が真正面にたちふさがる。
もう一人の女は裸でうしろ向きに
足を横つちよに出して草の上に
坐つていた。
「ガラマント夫人はこちらでございますか」
「あたしよ」（「野の会話」６）

これは過去の理想的な田園風景と、現代のプルーストの小説『失われた時』に登場するガラマウント公爵夫人とを取り合わせた諧謔である。

このような手法は東西を問わず、昔から行われてきたもので、浮世絵の風俗画にはよく「見立て八美人」とか「見立て竹林七賢人」と名づけられている。「見立て」とは、今様の風俗を故事の事物に見立てることを言う。英語で言い換えれば「バーレスク」とか「パロディー」にあたる。

現代詩人も例外でない。難解と言われるエリオットの『荒地』は、古今の文学のパロディーの宝庫であり、ロンドンの男女市民たちの風俗をダンテの『神曲』や、サッポー、チョーサー、スペンサー、シェイクスピア、ゴールドスミスからワーグナーのオペラや俗謡にまで巧みに見立てている。ロマン派の正統な詩人イエイツが、エリオットをただの風俗詩人と見下げたのは、その意味で無理もない。だが西脇は、むしろその諧謔の故に最高の現代詩人だとみなしている。

絵画についての諧謔の例は西脇詩には事欠かない。若い頃からミレーなどいわゆる泰西名画を材料にバーレスクな風刺詩を書いてきたが、晩年になっても、諧謔の精神はちっとも衰えていない。詩集『鹿門』（昭和四五年）の中には「屑屋の神秘」と銘打たれた短詩の連作がある。「レカミエ夫人」「イソップ物語」「回顧的物体」「宿命」「ペトラルカ」「象徴的消滅」「ブルトン」「ダヴィンチ」「アンドレ・マルロー」「崇高な諧謔」「ロートレアモン」という題名を眺めただけでも、バーレスクの精神が感じられるだろう。高名な詩人たちを「やつす」作品はさておいて、ここではダヴィッドの名画《レカミエ夫人》（一八〇〇年、口絵参照）をもじった作品を引用してみよう。

第二研究室の曲つた廊下の隅に
古ぼけた青黒い寝台式ソーファーの
がたがたの一台が淋しく
すてられて置かれている
その上に破れた
空になつたハイライトの
紙包が落ちそうにのつかつている　（「屑屋の神秘」レカミエ夫人）

ナポレオンの戴冠式など華麗な宮廷風景を得意としたダヴィッドは、社交界の美しい貴婦人たちの肖像画も数多く描いている。この《レカミエ夫人》もその典型的な名画で、当代随一の美人といわれたレカミエ夫人が豪華なソファーに半身を起こして、みごとな脚線美をみせているポーズの古典的な肖像画である。ちなみに、同じ貴婦人の肖像画にもう一つ有名なものがある。それは弟子のパスカル＝シモン・ジェラールが五年後に描いた《レカミエ夫人》で、この方は椅子に身をもたせかけて、斜交いに素足を床に伸ばしている。一説によると、ダヴィッドの絵は夫人の不興を買い、未完成のままだったという。いずれにせよ、西脇は、その場面を粗末な自分の研究室のソファーに置き換え、たおやかな夫人の姿を落っこちそうなタバコの空き箱になぞらえているあたり、現代の風刺画家フランシス・ベイコンでもきっと顔負けだろう。これは浮世絵の風俗画で伝統的に「やつし」と言われる手法である。昔の小野小町に今様の芸者を見立てることを「やつし」という。最近も、木口木版画家の柄澤齊の個展を見にいったら、浮世絵の若い女の手鏡にラファエロのヴィーナスの顔が映っている図があって、「阿浮楼太夫」（アフロディーテ）と題されていた。これなどはまさに版画の伝統を生かしたものだ。

ついでに言い添えておくと、三田の演説館の近くにあった木造の第二研究室を、西脇は本を置く代わりに、アトリエとして使っていた。戦後まもなく自作の油絵などを幾点も並べて、第二研究室にある野口ルームで個展を開いた写真が残っている。まさにジキル博士がハイド氏に変貌した瞬間であった。これはまだ昭和四三年に銀座の文藝春秋画廊で本格的な個展を催す二〇年近く前のことだ。

西脇自身の作品の中から「見立て」の例をあげていったら、膨大な数で枚挙に暇がないだろう。その一番手頃な詩集は『第三の神話』である、とくに、そのタイトル・ポエムは初めから終りまで見立てで通していて、読売文学賞の選考にあたった佐藤春夫に舌を巻かせた。

英文学者西脇順三郎氏の詩境はその専門的研究によるT・S・エリオットの示唆に負うところのあるものと思われるが、その清新な詩風は既に幾多の追従者を従えて日本詩壇に新しい一潮流となろうとしているものである。（省略）そこでは原始の野に世界の最初の水が流れて、草を籍いた小野小町と陶淵明とがジュリアス・シイザーと鼎談しているところを、ゴヤが南画の虎渓三笑の筆致で写生しているというような途方もない神話で、まことに異常に常識では律しにくい詩的宇宙である。（「読売新聞」昭和三二年一月二五日）

さすがに西脇詩の本質を的確におさえており、「見立て」という言葉さえ使っていないが、その技法の特性を喝破している。

全部を紹介したいところだが、あまりにも長いので、ごく一部分しか引用できないのが残念だ。多摩川べりの友人たちを訪ねる途上で会う人を、作者は次から次へと肖像画の人物に見立てていく。

これは一種の連句と言っていい。

南から北へまがつて生えた
ナツメの木の下から
渡し舟が出た
地獄へ行く人達の中にブリューゲルか
と思われる男もいた
顔は青ざめてトゲがあつて
サイカチの幽霊のようだ
（省略）
ダンテもいたようだ
あの小間物やさんと話をしている
男はどうもそうだ
ゴヤもいるいるあのシルクハットは
あいかわらず大きすぎる
あまりにゴヤ的なゴヤ的な
それからホウガスの小海老売り女

も安い複製の通りの女がいた
また買つてくれたお客をよろこばす
ために閨房のまねをする梨売り女
もいたまたレンブラントのおかあさん
もいたヴェラスケスの法皇に似て
いる登戸から来た書家がいた
まもなく世田ケ谷の岸についた（「第三の神話」）

《イカルスの失墜》を描いたブリューゲルもこの詩行の前にふれられているが、ここではおそらく大ブリューゲルの子ヤン・ブリューゲルの《渡し舟の中にいる光景》を連想しているのだろう。ブリューゲル一族は父子とも地獄の風景を得意とし、「地獄のブリューゲル」と呼ばれていた。次のゴヤのシルクハットをかぶった自画像（一七九九年）は、とくに諧謔味に富む作品で、自作の風刺版画集『カプリチオス』の表紙に使われている。西脇はほかの詩でも触れている（「ゴヤのシルクハット」）。ホウガスは一般に通俗的なカリカチュアの画家として有名だが、この《小海老売り女》は彼の全作品の中でも有名で、貴族社会の貴婦人の代わりに自然の採光の中に描かれた日常生活の肖像の傑作と言っていい。西脇は「これは一八世紀のセザンヌとも言うべきもので、少なくとも印象派からみれば最初の最大な近代絵画である」と絶賛している（「イギリス絵画と国民性」）。次はオランダの画家レンブラントの《老婦人像》（一六三四年）とスペインの画家ヴェラスケスの肖像画の絶品《法王イノケンティウス一〇世》（一六五〇年）にほかならない。この少し先でも、この詩は

それから河原に出て少しまがつて
オランダ造りの小川さんの家へ
立寄つたこともあつた
しかし今日ほど小川さんは
マネのかいたマラルメに似ている
ことはなかつた今日は実に似ている

という具合に見立てはまだまだ続く。マネも通ったパリの自宅での火曜会で君臨した象徴派詩人マラルメの貧相な肖像画（一八七六年、口絵参照）を知っている人には、この見立てはなかなか秀逸だろう。そしてまた西脇は洋画ばかりでなしに、次のように西鶴の『日本永代蔵』の挿絵まで取り入れており、その東西文化の混合ぶりは驚くべきほどだ。

アンドロメダと
望遠鏡の迷信

遠くの屋根のはじから
行水をつかつている女
を望遠鏡でみている
コンペトウを作つて
金をもうけた奴の話をしている
そういう秋のイメヂが
夜明けの空に混交するまで
秋分の女神のために
おとぎをしたのである

この二三〇行におよぶ長詩は、これまでの近代詩に例をみない試みであろう。もしこれに近い先例があるとしたら、西鶴が神社に奉納するために一昼夜で二万三五〇〇句を詠んだという矢数俳諧ではないだろうか。この「第三の神話」も、秋分の女神のための「おとぎ」であり、西脇はまさに現代の西鶴である。「第三の神話」から、もっと長い四部作の長編詩『失われた時』へ、そしてついには二千行の五部作『壌歌』へと、西脇の実験は果てしなく続く。二人の即興の才気は似通っているが、西脇のほうが豊富に絵画の知識を駆使しているところが、より感覚的で新しい。

肖像画を材料にして人物をさまざまに見立てるのは、西脇詩のレパートリーの一つで、どの作品にも必ず一人や二人の画家の似顔が出てくる。モジリアーニはよく使われる肖像画だ。「アセビの花からモジリアニの顔を／出している女に道をきいて」（『豊饒の女神』「大和路」）とか、「モヂリアーニの女のように／永遠も細長くのびてくる」（『宝石の眠り』「コップの黄昏」）のような例がすぐ浮かぶ。純粋な肖像画ではないがオリーブ山で祈るキリストの姿を描いたエル・グレコの《庭の苦悩》（口絵参照）もやはり西脇が好むイメージで、たとえば大学で同僚のアヌイさんを「彼はエル・グレコの『庭園の苦悩』／に似ている」とたとえている（『近代の寓話』「庭に菫が咲くのも」）。

ゴッホの肖像も西脇詩に欠かせないものだ。たとえば『失われた時』IIには、鎌倉の瑞泉寺を訪ねる詩に、アルル時代に描かれたいがくり頭のゴッホの自画像（一八八八年）を思わせる「ゴッホ寺のいがぐりの坊さん」が登場する（発表原題「失園」）。それに続く詩篇にも、ゴッホの記憶はなかなか消え去らない。たとえば、次のような表現も出てくる。もっともこの場合は、女神の肖像をゴッホの晩年の風景画のちぢれた曲線になぞらえたものにすぎない。

ヴェニュの髪はゴッホのように
はてしなくちぢれている　（発表原題「ハイボール」）

ゴッホやゴーガンに比べると、ずっと平板な写実家だが、ギュスターヴ・クールベの次の人物画も西脇の詩にしばしば諧謔味をそえているので、なかなか捨てがたい。ちなみに、ボードレールもパリで彼のアトリエをよく訪ねており、クールベはこの詩人の肖像画も描いている。彼はロマン派絵画の神話や空想を拒否し、天使の肖像画を頼まれたとき、「おれは天使を見たことが無い」と断ったという。

向うの方からセザンヌの景色の中を
歩いて来る男がいる
何人《なにじん》だかわからないブラン・ルージの
あごひげをはやした三十位の男だ
風の神のような真白いふろしきを
しよつて指を薔薇のようにくねくね
まげて植物のまねをしながら
近よつて来た
（省略）
「なんという愛らしい天気ですね」
このわれわれのあいさつの言葉は
紫の天の中心にすいこまれて互に
きこえなかつた　（発表原題「バラモン教」）

これは彼の代表作の一つで《クールベさん、今日は》と題された絵（一八五四年）である。画家の道具一式を入れた大きな袋を背負っている尊大なクールベ自身を、パトロンが慇懃に出迎えている対照的な構図で、発表されたとき「天才に敬礼する幸運」と世間から嘲笑された。だが西脇の手にかかると一段と愚直なおかしみが感じられる。ほかにも「ああ／行く冬を惜しんで／野原をひとり歩いた／おどろくべき奇蹟をもとめて／「クールベイさん今日は」……」という作品（『鹿門』「奇蹟」）では、画家の名を田吾作のように「べい」言葉に変えてあって、哀愁と諧謔が交じり合う。

4　オノマトペーと諧謔　ゴッホ、クレー、キリコなど

昭和五年に『シュルレアリスム文学論』を刊行し、そのまえにも周囲の学生たちを西脇は刺激して日本で最初のシュルレアリスム詩誌「馥郁タル火夫ヨ」を出させた。雑誌の命名者は言うまでもなく西脇順三郎自身である。有名な序文で、「現実の世界は脳髄にすぎない。この脳髄を破ることは超現実芸術の目的である。（省略）破壊されたる脳髄は一つの破壊されたる香水タンクの如く非常に馥郁たる者である。（省略）純粋にして温かき馥郁たる火夫よ！」と、若い詩人たちを扇動している。だが、西脇自身はブルトンのシュルレアリスムも、シュルレアリストたちの絵画もあまり好まなかった。瀧口修造は「西脇さんはシュルレアリストとはついに自称しなかった」と、後に述

懐している。誤解されやすいことだが、『シュルレアリスム文学論』の中でも、「今日の多くのシュルレアリスムの芸術は人生が破壊された廃墟にすぎない。昏倒した夢の世界にすぎない」と述べている。だから、クレー、キリコ、ミロ、カンディンスキーやダリなどの名が西脇の詩に出てきても、消極的に扱われることが多い。西脇は「ミロもクレーも画題と画との間でグロテスク芸術を創作しようとしている」にすぎない、と述べている（「近代芸術のグロテスク」）。前者については彼の詩の中に「ミローの庭の／断面」という短い詩行が見られるだけである（『禮記』「秋」）。後者については、次のような詩行が一番印象深い。

パウル　クレー　パウル　クレー
最終のインク
最終の形
最終の色
最後の欲情
ホテルのランチでたべたやせた鶏も
砂漠にのさばるスフィンクスにしかみえない
藪の中にするオレーアディス　ペディトゥース！
あいみてののちにくらべれば

セザンヌのこともピカソのことも思わなかつた
エビヅルノブドウの線
ツルウメモドキの色
ヤブジラミの点点
魚の瞑想
小鳥の鯱立ち
藪の中の眼
藪の中に落ちた手紙
（省略）
この藪の人このベルン人
このにんじん色の世界
を見たこの不幸な午後　（『失われた時』Ｉ）

この詩行の中には「藪の中に落ちた手紙」のように具体的な作品への言及（たとえば《手紙の幽霊》など）も含まれてはいるけれども、全体的な印象が強い。ちなみに「藪の中にするオレーアディス　ペディトゥース！」についておもしろいエピソードがある。このようなラテン語を使って徒《いたずら》に詩を難解にするのはけしからん、と長谷川如是閑翁に言われて、西脇が「これは妖精のオナラの意味ですので日本語には……」と説明したところ、「それなら仕方がない」と納得した。
　この詩の場合のように、クレーの絵をまともにとりあげることもある半面、オノマトペー（擬音語）として効果的にほかの詩で使っている。何と言ってもその傑作は『第三の神話』の「六月の朝」だろう。おもしろいのは次の部分からだ。西脇自身が『ベーオウルフ』か何かの本を読んでいて、研究室の窓からふと眼を上げると、誰かが木の上にいる。

キリコ　キリコ　クレー　クレー
枯れたモチの大木の上にあがつて
群馬から来た木樵が白いズボンをはいて
黄色い上着を着て上から下へと
切つているところだ　キリコ
アーチの投影がうつる。キリコ

こうして読んでいくと、キリコもクレーも音の世界（オノマトペー）にすぎないことがわかる。すばらしい冗談であって、危うくかつがれてしまうところだ。もっとも、少しうがった読み方をすれば、「アーチの投影がうつる。」というあたりはキリコの絵を連想させるが、あるいはただの木の影かもしれない。西脇の詩は少しも「難解な詩」ではない。ただおもしろいイメージの詩にすぎな

い。詩とはおもしろい思考をつくることだ、と彼は言っている。このあとでも、

　　おりてもらつて
二人は樹から樹へと皮の模様
をつたつて永遠のアーキタイプをさがした。

などと大袈裟な言葉を使っている。別に抽象的な「永遠」とか「原型」の話ではない。だから、次の行でも「会話に終わりたくない。」と、自戒している。モラリストの批評家はすぐに、この詩をモラルも何もない、とりとめがない会話にすぎない、と否定するだろう。西脇の随筆に「雑談の夜明け」という題名があるが、彼の詩はみなおもしろいイメージ（思考）から成り立っている。雑談の語り口が名人芸なので、「六月の朝」も「麗《ウララカ》な忘却の朝」も、ともに内容的にはさわやかな雑談と言えよう。だが、それがむずかしいのだ。

凡庸なオノマトペーは普通の散文に用いられるが、天才の詩人はつねに意表をつくような音とイメージの連結を好む。萩原朔太郎もその一人だが、西脇のオノマトペーは一段と奇抜で、しばしば画家の名前を擬音に使う。機知の詩人の本領を遺憾なくあらわしていると言えよう。

山葡萄に小さい花が咲く頃

白い半島の断崖の下をさまよい
さかんにマッチをすり
地獄の燐光が神の名に火をつけ
植物の憂鬱を燃やすために
イバラの根を吸つた
あのはるかな歴史は
地平線を攪乱する
落ち着いてこの茶店に腰かけて
時間を数えよ
地上のさまよいはやめるな
燈台は曲つて倒れそうだ
蒼白なアジを干している
やせこけたおばあさんの指先が
永劫のほほえみを描いているのだ
ああまた
時間は一時になろうとしている
さつき乱暴な金髪の天使が

あんぱんとラムネともなかを買つて行つた
すべての思考がつきる前に
やがて村の校長がくねくねやつて来て
「リリー」を買いに来るだろうが
かなしみはからまわりするだけだ
ロクロはまだ壺の悲しみをつくるのだ
時間はもう一時半になつた
海も悲しいがすべての本は
読んでもしようがないわ
フュークサイ!　クロダサン
自然の法則はかなしいね
人間は何かのほとりにいなければならない
太陽のめぐりをかいてんしなければならない
玉杯やめのうの指輪を作らなければならない
ちょうど二時三分に
おばあさんはせきをした
ゴッホ　（『鹿門』「海の微風」）

表題はマラルメの同名の詩に掛けたものだが、「ああ肉体は悲しい／すべての書を読んだ」という深刻な詠嘆を、西脇は女言葉で茶化している。しかし人生についての深い瞑想がこの詩にないわけではない。マラルメとは別の東洋的な存在の哀愁がにじみ出ていると言えよう。しかし、この詩にはマラルメにない諧謔の仕掛けがある。まるで時限爆弾のように刻々と針を進めていき、最後にアンティ・クライマックスはオノマトペーで終わっている。まるで、古典落語のオチのようだ。

少し話題の角度を変えて、普通の意味で音にかかわりのある詩をあげてみよう。『アムバルワリア』の「失楽園」の連作には、フランス語の発音記号を勉強した若い頃の思い出にふれた次のような詩行がある。

ギユイヨー夫人の小学読本を読む
沈黙の二重の唇はいづこに　（「内面的に深き日記」）

おそらく母音と子音の発音の図解をさすのだろう。次の『近代の寓話』の詩も、やはり音をテーマにしている。「人間の記号がきこえない門」とは、聴覚障害の耳をさしている。外国人のはなやかな女性がそういう子供たちに「ア」の発音を教えている光景を想像してほしい。

人間の記号がきこえない門

黄金の夢
が波うつ
髪の
罌粟《けし》の色
に染めた爪の
若い女がつんぼの童子《こども》の手をとつて
紅をつけた口を開いて
口と舌を使つていろいろ形象をつくる
アモー
アマリリス
アジューア
アベーイ
夏が来た　(「夏　(失われたりんぼくの実)」)

この詩の場面は英文雑誌から切り抜いた一枚の写真に基づいている。だが、発音練習にあげられている単語は西脇自身の連想だろう。念のために、それぞれ「愛する」「アマリリス」「碧色」「蜜蜂」を意味するが、この配列はただ単に同音のためばかりでなく、連想の切断の効果を意図しているようだ。少し先にも

連想を破ることだ
意識の解釈はしない
コレスポンダンスも
象徴もやめるただ
さんざしの藪の中をのぞくのだ

という詩行が続いている。この前後でふれているジャン・コクトーの映画の手法ともそれはかかわりがあるだろう。西脇は後年の「桂樹切断」という詩でも、やはりこの連続性の切断の手法を極限にまで推し進めた。意味が切断されれば、言葉はますます純粋な記号に近づく。オノマトペーは、その純粋な音の世界にほかならない。たとえば、「オイモイ」「オオ　ポポイ」「オ！　ジューピテル！」「フュークサイ！」「ピヒョークサイ！」など、彼が詩の中に好んで使うラテン語やギリシャ語その他の感嘆詞も、安易な意味化を排除して音の世界を楽しもうとしている。あるとき講演の中で、「労働問題」という言葉を「ロードーモンダイ」という音で考えると実に美しい、と言って聴

衆を笑わせた。ほかにも、普通の人名の順序をかえて、別のモノにする技法も西脇にはめずらしくない。「鳥居さん」はこうして「サン・トリイ」と変形して、聖人（サン）ともなり、あるいはウイスキーの名ともなり、何とも言えない霊妙な音の世界が出現する。また、深刻なサルトルの名も「サルトルイバラ」という造語に変えられると、風刺の笑いが「サルトリイバラ」の陰から聞こえてくるだろう。

田村隆一はいつも「西脇さんは、いい眼と、いい耳と、いい色をもっている」と感服していた。詩人にとってすぐれたイメージを作る才能は不可欠だが、オノマトペーもまた天才のしるしである。西脇順三郎の詩の中から、ここにいくつかの奇抜な例をあげてみたい。

教会堂がまた一時間の四分の一を宣言する
ジアコンド
ストローベリイ　（『アムバルワリア』「内面的に深き日記」）

ヴェリテボンテボッテ……
平地で鐘がなる　（『えてるにたす』「えてるにたす」）
著者註――「ヴェリテ」「ボンテ」「ボッテ」は、「真」「善」「美」（仏）のもじり。

ジャングル　ジャングリー
永遠の無へいそげ
貧困の幸福を告げている　（『宝石の眠り』「イタリア」）

でもボンショウは永遠のシムボルではない
人間の地球の記憶の音にすぎないのだ
人間が記憶するだけで
考えられない音だ
脳髄がまた野いばらの夕暮にもどる時の
色彩の戦慄の音だ
アイアイ――
ボエ――
ボンバウマウ　（『禮記』「梵」）

著者註――「ボンバウマウ」は、ボムボス（低振動音）と「芒」の漢音「バウ」と呉音「マウ」の合成語。

以上にあげたものはすべて鐘のオノマトペーだが、それだけではない。ほかにもエリオットの『四つの四重奏曲』をからかって運命の神々の名を織り込んだ「アラーアイサーモイラーエリオット」(「醮」)とか、「ドゥ　ビュ　スィ／イイイ／パンのあし笛のくもりの」(「崖の午後」)や、「ウーンウン、ウイスラーの水彩画」などの秀逸な例もある(「ウーンウン」はギリシャ語で「実は、ほんとうに」の意を含む)。

最後の詩集『人類』の中にも、ほかの人には真似のできない奇抜なしゃれの詩が含まれている。それは「しほつち」という短い作品で。冒頭はこう始まる。

すきとおるラムネビン色の
馬に乗つてシャク・グヮンの
ゴッツォリの旅をした
三賢王の旅は
山路への礼讃だ

ゴッツォリとはイタリアン・ルネッサンスの画家で、《東方の三人の博士》の旅の壁画を描いて名高い。フィレンツェのメディチ家の廟に行くと、この大きくて色鮮やかな壁画がみられる。これはメディチ家一族を東方の博士に見立てたもので、着飾った宮廷人たちが薄緑色の彩られた白馬にまたがって、険しい山路を巡礼のために旅に出かけていく光景だ。その色彩を、縁日などで飲むあのラムネのビンの色に較べているのは、さすがに西脇流飛躍である。これだけでゴッツォリの世界をみごとに表現していると言えよう。この詩の鑑賞はそれで十分である。

実はこの作品は、俳人の石原八束に招かれて、塩原温泉に詩人たちと行ったときに書かれたもので挨拶の詩である。つまり、芭蕉のしたように、西脇順三郎も石原の名前をもじって（「シャク・グワン」）、ご馳走（「ゴッツォリ」）に謝意を表したまでだ。もともと絵画的な思考が好きな西脇は、塩原を「しほつち」と変えて、ゴッツォリの白い岩山の風景に見立てたにすぎない。

さらにこの詩の先にも、もう一人の画家の名前が出てくる。

めぐる岩の道
崖をよじのぼり
山百合の根をぬきとり
アンジェリコの天使の翼の
蝶々の水流の
ヒラメキの中でそれを洗つた

フラ・アンジェリコと言えば、美しい五色の翼をつけた天使の《受胎告知》の絵で名高い。やはり、フィレンツェ市内にあるサン・マルコ修道院のせまい階段を上がったところに描かれている。いままで、美しい水のきらめきを天使の翼の色になぞらえた詩人は西脇順三郎のほかに誰もいないだろう。これとは逆に、「ああサツマイモもも う／フラ・アンジェリコの色調をおびて」いる、という奇抜な比喩もある（同前「秋」）。このように西脇詩は自由に画家の名を取り入れて、新鮮なイメージ（思考）を作ってしまう。言葉の魔術師というほかない。

5 彫刻のイメージ　ミケランジェロ、ロダン、ムア

詩集『アムバルワリア』の中に、「石に刻まれた髪／石に刻まれた音／石に刻まれた眼は永遠に開く。」というイメージがあった（「眼」）。これまで絵画的なイメージという言葉ですべてを括ってきたが、厳密に言えばこれは彫刻の部類に入る。絵も彫刻も、視覚的イメージという点では共通だが、最後にまとめて彫刻の例をあげてみよう。

西脇の「自伝」という詩の冒頭に「ラオコオーンのような自伝が／描けない」という詩行が出てくる。レッシングの『ラオコオーン』は、ギリシャにおける詩と彫刻の問題を論じた名著として、よく知られている。蛇に巻きつかれて悶えている父子のラオコオーン群像の古代彫刻は、現在、ヴァチカンの中庭に置かれている。西脇は若いときに耽読したウォルター・ペイターの『ルネッサンス研究』でこれに惹かれた。『失われた時』の中に、散歩する姿を、このようにたとえている。

ひるがおのからむ藪をのぞいたり

さんご樹とむくげの生垣の
前を通つたりラオコオーンのように
悲しみを面に出さないで歩くのだ　（II）

ペイターの名著は西脇の聖典であって、その中のさまざまな絵画や彫刻が彼の詩に使われている。まさに、西脇にとってルネッサンス芸術の玉手箱と言っていい。

たとえば、同じ詩集に「エフィサス人のお産の女神の多数の乳房は／人間をあまりに繁殖させる——」（I）とか、「ピエトロ　ペルジーノを見に伊太利／に行つて（省略）」（同前）とかは、この本から来たものにほかならない。また、ミケランジェロの《モーゼ像》や《夜明け》（《夜と昼》）の彫刻もそうである。最初の言及は、ローレライの物語に似た幻影の女の形容だ。

この女に会つて初めて人類の無常
を感じ悲しみを悲しむのだ。
（省略）
髪はもう柊の森では流行していない。
ミケランジェロの「モーゼ」の頭のように
二つの角となつて真中で分けられた。（『第三の神話』「プレリュード」）

次の連想は飛躍が一段と激しく、生半可な注釈は無益だろう。台風の目から始まって、ミケランジェロの《夜明け》のイメージでようやく具体化されている感じだ。ちなみに、西脇は晩年にフィレンツェでこのメディチ家の廟を訪れた際、冷たい大理石に手をふれて、「青春時代の憂鬱にふれたような気がした」と述懐している。

あの颱風の目のレーダの
宇宙の死滅の中の
生物の発生の写真の
繁栄の肖像の
ブレイクの鳥目をもつ
あのロンドル大学の数学の
先生のヴィジョンは
ミケランジの墓場の「夜明け」の
大理石の夢の沈澱に
かなでる………… （『人類』「青写真」）

ほかにも、『アムバルワリア』の「ルカデラロビアの若き唱歌隊のウキボリもなく」(『失楽園』)とか、『宝石の眠り』の中の「だがマグダラのマリアのような／乞食女のあとを追って」(『イタリア』)のドナテロの彫刻の連想とかも、みな『ルネッサンス研究』に由来している。すでにふれたジョルジョーネほかの多くのルネッサンス絵画の例に、ペルジーノの《アポローンとマルシュアース》(『人類』「フルート」)やボッティチェリの《ヴィーナスの生誕》(『壌歌』IV)や《春》(『人類』「タンポポ」)などを加えたら、夥しい出典の数だろう。もう、これ以上「玉手箱」の中身を探すのはやめにして、ほかの彫刻のイメージをあげてみたい。

近代彫刻となれば、だれもロダンを無視するわけにはいかない。「あの考える男などは／考える銅にすぎない」(『禮記』「梵」)から、「考える虎にすぎない」(『壌歌』II)や「何も考えないということを考える／男が『考える男』だ」(『鹿門』「原罪《旅人の話》」)まで、しばしば辛らつな警句を連発している。これらはさほど新鮮ではないけれども、次のロダンの彫刻《ヨハネ》はなかなか奇抜だ。

　ロダンのヨハネのように
　葉の手でかくされている
　あの偉大な悲劇がかくされている　(『失われた時』II)

この「悲劇」とは、言うまでもなく、男の悲劇、つまり性器を指している。萩原朔太郎の「大いなる隠しどころ」に通じる諧謔である。

次に、現代彫刻を代表するのはヘンリー・ムア、ブランクーシ、それにヤコブ・エプシュタインなどだろう。「菜園の妖術」ではムアの有名な彫刻《横たわる女の像》に掛けて、西脇は庭の比喩に、「このよこたわる女のあさ」というイメージを使っている（『えてるにたす』）。これもいいが、同じ彫刻について、

ヘンリ・ムアの心臓のような
アケビは
女の半島の重さに
ぶる下つている　（『宝石の眠り』「エピック」）

という変奏もある。言うまでもなく、「女の半島」は尻をさす。次は、いわゆる「カバン語」で、二人の彫刻家の名前を合成している例だ。「ブランクーシムーアの入道雲が／画面の四分の三を占めている」（『人類』「ヒルガホ」）。これはよほどグロテスクな雲の形に違いない。三人目の彫刻家エプシュタインの例はウエストミンスター・アベイの「ポエッツ・コーナー」に収められているブロンズの詩人ブレイク像の連想である。明治の頃の西脇家の番頭に抱かれた幼い順三郎の写真に連結

されている。

赤ん坊は鬼のような男の膝の上に
だかれていたが喰べられる一瞬前の
危険にさらされているようにみえる
この男は昔のヒッタイトの奴隷の
ようにも見えるがエプシュタインの
ブレークの彫刻によりよく似ている
（省略）
黒いマエダレをしめたブレークだ　（『人類』「空地」）

私の西脇美術館の別館めぐりも、そろそろ終りに近づいてきた。最後に、ルネッサンス期イタリアの彫刻家でミケランジェロの弟子ベンヴェヌート・チェリーニのすばらしい《黄金の塩壺》（一五三九―四三年）の例を紹介しよう。これはフランソワ一世によって愛玩された逸品で、神話にちなむ名高い美術品である。昨年、この名品は数年前に盗難に遭って世間をにぎわしたばかりだが、ついに発見されて美術館に帰った。しかし、この華美な「彫刻のモナリザ」と呼ばれる芸術品に一抹の東洋的な哀感を与えているのは、西脇順三郎の詩的思考であることを忘れてはならない。

チェリーニーの作つた舟の形をした
塩壺などはあまりに人間的だ
あまりに悲劇的な哲学なものだ
テルスという土の女神とネプチューンと
いう海の男神とが
足をからめて向きあつて
身をそらして
人間の旅の果てを示すのだ
テルスの舌に触れる時
あたゝかい土の悲しさがわかる　（『第三の神話』「神話」）

V　西脇訳でエリオットを読む

1　パロディーか文明批評か　『荒地』をどう読むか

最初にもふれたように、日本における近代詩の歩みは海外詩の翻訳から始まっており、すぐれた詩人はしばしばすぐれた翻訳者の役割を果たしてきた。『アムバルワリア』の中の古典詩や新しい詩の翻訳のほかに、西脇の『荒地』訳は重要な名訳の系譜に属するものと言わなければならない。翻訳の問題ではいつもスタイルが成否を決定する。西脇訳の『荒地』は日本の戦後詩のスタイルに大きな影響を及ぼした。原詩は第一次大戦後に書かれたものだが、その難解な詩法を理解することは容易でない。第二次大戦中の若い詩人たちは独力でこの詩と格闘したが、戦後の西脇の明快な口語調による訳文は、エリオットの名詩を一躍、すべての読者に接し易いものとした。

一九二二年に発表されて以来、エリオットの『荒地』について多くの学者の解説がなされてきたが、それらは一篇の作品をも生まなかった。西脇の翻訳は無数の「荒地」派を生み出した。むろん、戦前の詩誌「新領土」から引き続いている「荒地」グループの成立は西脇訳に負ってはいないけれども、まったく無縁だとも言い切れないだろう。たとえば、田村隆一などは、西脇訳を読んで初めて「シュタルンベルガゼー湖の向うから/夏が夕立をつれて急に襲って来た。」の主語が明らかになったという。やはり、翻訳はスタイルが決め手である。スタイルをもたない翻訳は影響を与えることはできない。

四月は残酷極まる月だ
リラの花を死んだ土から生み出し
追憶に欲情をかきまぜたり
春の雨で鈍重な草根をふるい起すのだ。(I 埋葬)

このあと、長短五部からなる『荒地』にはプロットもなければ、一貫した声もない。さまざまな人物の追憶と欲情とが混ざり合っているだけだ。この当時はフロイトとフレイザーが流行した時代で、もし『荒地』のばらばらなエピソードに共通性があるとしたら、それは性と神話である。神話のほうはもう十分に説明されつくしているので、ここでは「追憶と欲情」の例を、いくつか列挙してみよう。

まずは、ヒヤシンス畑での恋愛。

『一年前あなたは私に初めてヒヤシンスの花を下さった、
それから人からヒヤシンス売りの娘と評判されました』
——でもあの時、貴女《あなた》が腕一杯花を抱いて、髪を濡らし、
ヒヤシンス畑からおそくなって一緒に帰ったのだが
僕は口もきけず、眼も見えず、
生きているのか死んでいるのか何もわからなかった　（同前）

次はタイピストの情事。長いので途中は省こう。

食後女はものうく退屈になった。
女を愛撫に引き込もうと努力する。
（省略）
『やれ、やれ、まあまあこれで済んでよかったわ』
美しい女が馬鹿なまねに身をおとしてから

一人で室の中を歩きまわる場合は
自動的に手で髪を撫でつけ
蓄音機にレコードをかけるのだ。（III　火の説教）

もうひとつ、テムズ河畔で夏の情事に耽った三人の女たちの告白。

「電車、ほこりの木々。
ハイブリは私を生んだ。
リッチモンドとキューは私を亡《ほろぼ》した。
リッチモンドのほとりで私は
細長い丸木舟の床に仰むけになり
膝を立ててよこたわった」

「私の足はムアゲートに、
私の心は自分の足でふみにじる。
事のあと
彼は泣いて『新しい発足』を約束した。

私は何も言わなかった。
何も怨みません」

「マーゲートの海浜で。
何が何やら思い出せない。
汚れた手の裂かれた爪。
家《うち》の人達は何の望みもない賤しい人達」（同前）

この後に、「それから我れはカルタゴに来たれり」という、アウグスティヌスの『告白』の引用が続く。淪落の都会カルタゴで若き日のアウグスティヌスは肉欲にふけったことの懺悔の言葉である。ほかにもさまざまな挿話が『荒地』の中にはまるで意識のタペストリーのように織り交ぜられている。そのために、ロマン派の詩人ウイリアム・イエイツは、『荒地』を低俗な風俗詩とみなし、「幾組もの男女がベッドに入ったり出たりするだけで、何のヴィジョンもない」と嘆いた。たしかに、今引用した限りでは、よく小説にある日常生活の断片に映るだろう。だがエリオットは、それぞれの日常的挿話を神話や過去の文学に連結して、それに主題的統一を与えようとした。彼はこの方法をジョイスの『ユリシーズ』から学んだと言い、「神話的方法」と命名している。

西脇もやはり、過去と現在を結び付けたり、また有名な文学のパロディーをやったり、卑近な日常生活を神話と連結する方法を、『近代の寓話』や『第三の神話』で盛んに駆使していることは周知のとおりだ。これはエリオットの方法に通ずるところがある。西脇は早くからエリオットをパロディストだとみている（『現代英吉利文学』ほか）。

三〇年代の危機の詩人たちと言われるオーデンやスペンダーなどの感化を受けた鮎川信夫や中桐雅夫は、『荒地』の意味をもっと文明批評的にとらえようとした。その一例として、第Ｖ部「雷神の言葉」の末尾に近い次の「分別ある年齢の人でも慎めぬ情欲を」という西脇訳を誤訳とみなしている。念のためにその前後の詩行を引用しておこう。

ダー
ダッター、捧げよ。だが我々は何を捧げたのか？
友よ、心を動揺させる血液を捧げよ
一瞬の情欲にかられるあの恐ろしい冒険を
分別ある年齢の人でも慎めぬ情欲を。
このことによって、このことによってのみ我々は実存して来たのだ　（Ｖ　雷神の言葉）

鮎川たちの文明批評的な読みからすれば、ここは「情欲」でなく、社会的信念の「情熱」と訳す

べきである。文明批評的な解釈を好む「荒地」グループの詩人にもっともふさわしいエリオット像は

空虚の都市
冬の夜明け、鳶色の霧の中を
ロンドン・ブリッジの橋の上を群衆が流れたのだ、あの沢山の人が、
死がこれほど沢山の人を破滅させたとは思わなかった。（I　埋葬）

とか、

倒れかかる諸々の塔
エルサレム、アテネ、アレキサンドリア
ウィーン、ロンドン
空虚な（V　雷神の言葉）

などという廃墟の都市のイメージだろう。「荒地」グループのもう一人の詩人・北村太郎は、戦後詩の名作「センチメンタル・ジャアニイ」で、この空虚の町のイメージをみごとに形象化している。

滅びの群れ、
しずかに流れる鼠のようなもの、
ショウウィンドウにうつる冬の河。
私は日が暮れるとひどくさみしくなり、
銀座通りをあるく、
空を見つめ、瀕死の光りのなかに泥の眼をかんじ、
地下に没してゆく靴をひきずつて。
（省略）
ひろがつてゆく観念があり、縮まる観念があり、
何者かに抵抗して、オウヴアに肩を窄める私がある。
冬の街。（『荒地詩集』一九五一年版所収）

西脇のエリオットへの共感には、そのような時代意識は乏しい。彼の理解するエリオットはもっぱらパロディストとしての巧みな「言葉の連結」にある。エリオットの追悼の詩「天国の夏（ミズーリ人のために）」で、「君はダンのように諧謔の詩人だつた」とたたえている。たとえば右に引用した「埋葬」の箇所で、空虚の都市ロンドンの通行人たちのさまをダンテの『地獄篇』の死者たち

のうなだれた姿と連結するところに、純粋に詩的な共感を覚えるにすぎない。また、『荒地』の末尾近くで「これ等の断片で僕は自分の廃墟を支えてきた」というくだりも、空虚な戦後体験としてではなく、言葉の連結のさまざまな断片で自分を慰めてきた、と西脇風に読み換えてもいいだろう。

詩の解釈は読者の頭数だけある。アメリカの「新批評」家たちは、エリオットの「神話的方法」をきまじめに信奉するあまり、ゆきすぎた象徴解釈に陥った。また日本でも、『危機の詩人』の中桐雅夫は、「西脇さんは詩のおもしろさをわかりすぎるほどわかっているけれども、西脇さんのエリオットの解釈はまちがっている」と口癖のように言っていた。萩原流に言えば、「感覚脱落症」というところか。エリオット自身は晩年に、「私の個人的な不満の繰言にすぎないものを、批評家たちは好意的に文明批評の詩としてとらえてくださった」ともらしている。私たちは西脇の「誤読」の是非を問うまえに、翻訳は必然的に誤読であることを知らなければならない。かえってその詩人の積極的「誤読」こそ、西脇とエリオットの関係のおもしろさではないだろうか。西脇は決してエリオットのエピゴーネン（亜流）ではない。むしろ、『アムバルワリア』以降の西脇詩の豊饒は、二人の「ずれ」に負っている。

2　初めと終り『四つの四重奏曲』をどう読むか

言葉の新しい連結の「純粋な修辞学」の手本であった『荒地』以降のエリオットの作品について、

西脇の関心は少ない。エリオットは一九二七年にイギリス国教会に改宗し、従来のダンテへの関心を宗教的に深めていったが、西脇にとってダンテは依然として諧謔のための典拠にとどまっている。だから三〇年代以降のエリオットの宗教的主題の詩には、自身の作品の中でほとんどふれられていない。

唯一の例外は『四つの四重奏曲』（一九四四年）であろう。昭和四三年に新潮社版『世界詩人全集』のために、この連作の翻訳を頼まれて、イギリス旅行の直前の一週間ほどかけて翻訳した。またその前後に、篠田一士から「エリオットの詩の中で、何が一番お好きですか」とたずねられたところ、「バーント・ノートン」が最高作だと、即座に答えた。これをやや意外に思う人は少なくないだろう。酒席のやりとりで、今さら人口に膾炙している『荒地』を挙げるのも野暮なために、翻訳を手がけたばかりの『四つの四重奏曲』をあげたのかもしれない。

だが、考えてみると、『失われた時』以降の西脇自身の詩作は、ますます『四つの四重奏曲』的な瞑想に近いものになっている。たとえば、『失われた時』は題名の示すとおりプルーストにならった内面的回想の詩で、もともとは連作ではなかったが、『四つの四重奏曲』の四部作に対抗して四部のアンサンブルとした。むろん、エリオットのように、各篇がさらに五つのちがったパートからなるというような凝った形式をとっていないが。

秋の日の夜明けに

杏子色の火炎があがる
ポプラの樹の白いささやきも
欲情のつきた野いばらの実も
宿命の人間をかざる
復讐の女神にたたられた
秋の日の小路を歩きだして
どうしてももとへかえれない
カーテンをしめて
失われた時を
考えよ　（『失われた時』I）

エリオットの『四つの四重奏曲』は、それぞれ別の四つの場所への旅にちなんでいる。最初の「バーント・ノートン」はグロースターシャー州にある焼けた邸宅跡であり、内容的には原初の愛への旅をなしている。二番目の「イースト・コウカー」はサマーセット州にある場所で、エリオットの祖先たちへの回想の旅である。三番目の「ザ・ドライ・サルヴェイジィズ」はマサセッツ州アン岬の沖合の岩礁で、内容はアメリカ移住後のエリオット一家の追憶の旅である。最後の「リトル・ギディング」はふたたびイギリスの旧ハンティンドンシャー州（一九七四年からケンブリッジシャー州）にある地名であり、宗教的回帰の旅と言えよう。

『四つの四重奏曲』の内容にたいする西脇の違和感と技法への共感を語るまえに、大江健三郎のエリオット体験にふれておこう。彼は若い頃『荒地』を読んで、多くの人物《ペルソナ》への分裂や語りの不連続性に反発を覚えた。しかし、『四つの四重奏曲』における作者と等身大の一人称の声と、その深い人生洞察に共感して、西脇の翻訳を各部の冒頭に引用しながら、半自伝的小説『さようなら、私の本よ』三部作を書いた。読売新聞の尾崎真理子記者によるインタビューで、彼は次のように語っている。

> ある作家、詩人にとって、偶発事だけれどじつに大きな事件が起こって、それで大きな作品を完成させるということがあるわけですね。『四つの四重奏曲』というものはまさにそういう作品で。大きい偶発事とは何かというと第二次世界大戦です。あれはもう、本当に戦争そのものを書いた詩ですよ。それまでほとんど戦時活動の体験がなかった詩人が、ロンドンの夜の防空隊のメンバーに選ばれて、夜じゅう駆け回る。空爆があって火事が起こる。朝、気がついてみると、洋服の袖に焼けた家の灰が降りかかっていたりする。そういう状態におかれた人間が、その現実の中から一挙に自分が今まで学んだすべての師匠——ダンテに始まるすべての詩人たちと同時代に生きているという状態に自分を押し上げて、そして彼らと自由に会話しながら、自分の感性というものをその時代の中で表現していった。それが『四つの四重奏曲』で、そう

いう天才の仕事があるんだ。それがサイードの言う、まさにレイター・ワークということじゃないか、——そう考えて、エリオットを詳しく読みながら第三部を書き進めていくことにしたんです。（「大江健三郎、語る」『新潮』平成一七年一一月号）

さらに彼は西脇訳を「本当にいい」と賞賛して、三部作のそれぞれの冒頭に西脇訳を引用している。そして「西脇、エリオットを対峙させてみると、そのような上等さではないエリオットへの自分の対峙の仕方がよく理解される」と、今回の小説の意図を説明している。ここには西脇と大江のエリオット体験のちがいが、おのずから明らかにされている。西脇のエリオット体験は翻訳者・詩人として当然ながら、まず言葉の問題であり、その技法に向かっており、作者の内的体験にはあまりかかわらない。右のインタビューで語られているエリオットの戦争体験に直接ふれることもない。また『四つの四重奏曲』をあたかも聖典のように扱う学者にたいして、西脇はこれをあまりに人生論的な、宗教的瞑想として「教会の説教」と批判している（『壌歌』III）。参考までに、西脇の詩に現れている『四つの四重奏曲』へのアリュージョンをいくつかあげてみよう。

ふと苔むした薔薇園の中にある
レストランへさまよい出て
鶏をたべた（『失われた時』II）

人間の上に強制された
エリオット的のクソと恋愛
サファイア的の波うつうずまき　（『人類』「桂樹切断」）

最初にあげたのは、「バーント・ノートン」Ｉの幻想的な薔薇園のもじりで、次は「バーント・ノートン」IIにある「泥の中でニンニクと青玉《サファイア》が／凝結して埋もれた車軸を覆う。」のもじりだろう。また、そのほか「イースト・コウカー」Ｉの昔の村祭りで男女たちが踊る情景を描いた箇所の「男女が夫婦になる時や動物が番《つが》う時がある。／足を上げたり下げたりする。／食べたり飲んだり。糞や死。」などに言及しているのかもしれない。いずれにせよ、西脇の好む「遠いものの連結」がここに見られる。

次に第二部の「イースト・コウカー」のもじりは非常に多い。とくに、『四つの四重奏曲』の翻訳を手がけた時期に書かれた「醮」という作品に集中している。「醮」（ショウ）とは本来「成人式」の意味だが、ここでは文学的自伝をさすのだろう。つまり、西脇の自己回帰の旅であり、「イースト・コウカー」と同じである。

すべて回転するとは

うれしいことである
脳髄の振動は
輪を描いて終りは初めとなり
初めは終りとなる
初めも終りもなくなつて行く
「わたしの終りにわたしの始めが
　あるわ」
スコットランドの女王マリアは
自分の枕かなにかにフランス語で
刺繍していた

これは言うまでもなく、「イースト・コウカー」Ｉの冒頭と末尾の詩行へのあてこすりである。エリオットは女王の座右の銘「私の終りに私の初めがある。」という宗教的内容をもじって、自分の祖先をさす「私の初めに私の終りがある。」と言い変えている。そして、Ｖの末尾ではもう一度、「私の終りに私の初めがある。」という形に逆転させた。みごとな構成だが、いずれにしても時間の循環は西脇のヘラクレイトス的万物流転の人生観にも通じるところがあり、興味と反発を惹き起こしたのだろう。

たとえば、次のような詩行もある。

初めに終りがあるわ
終りに初めがあるわ
このにやけた矛盾でも
脳髄を慰めるに充分だ　（『鹿門』「醮」）

ちなみに別の詩でも、同じような辛らつなあてこすりが見出される。

存在は存在にすぎない
すべては廻転する車だ
出発した点へまたもどる
「たのみになるわ」　（『禮記』「生物の夏」）

末尾に、わざとコマーシャルの卑俗な文句をつけあわせて混ぜっ返しているあたりは、いかにも西脇らしい機知の好例と言えよう。

『四つの四重奏曲』は全体として時間の問題を扱っているが、それを明確な主題としてうちだしているのは、何と言っても第I部の冒頭である。

現在と過去の時が
おそらく、ともに未来にも存在するなら
未来は過去の時の中に含まれる。
すべての時が永遠に現存するなら
すべての時はとり返しが出来ない。（「バーント・ノートン」I）

「えてるにたす」で西脇は、これも「過去は現在を越えて／未来につき出る／『どうしましょう』」ともじっている。それはさておいて、エリオットはこの観念的な言葉の後に、焼け落ちた邸宅の描写を介して過去の愛の追憶へと巧みに連結していく。

足音は記憶の中に反響する
開けたことのない薔薇園への出口のある
通ったことのない廊下に
反響する。私の言葉は反響する
そんな風に、あなたの心にも。（同前）

これは作者の第一の声であり、エリオットの愛の体験の追憶と考えるのが妥当だろう。詩の中では具体的なことは何一つ述べられていないけれども、明らかに『荒地』のさまざまな人物たちによる多声の愛の告白とは違う。その後の研究で、この過去の愛の記憶が、エリオットのハーヴァード時代から親しかった女性エミリー・ヘイルと結びついていることが明らかになった。彼女と久しぶりに再会し、エリオットは一九三四年七月に彼女とともにバーントン・ノートンの廃墟を訪れている。その薔薇園の場所は、ふと閉ざされていた愛の記憶をよみがえらせたことだろう。だが、それは一瞬の心のゆらぎで、消えてしまった。

それから雲が通過したのでプールは空《から》になった。
鳥は言った。行ってごらん。葉陰に子供が沢山いた、
はしゃいでいたが隠れん坊だから笑いをこらえた。
行ってごらん、行って行って、と鳥は言った、
人間はあまり現実には耐えないものだ。
過去も未来も
あり得たものも、あったものも
一つの終りを指さす、それは永遠に現存する。（同前）

暗示的な手法に従って、すべてが半分隠されているが、ここには『荒地』冒頭のフレーズにならって言えば、追憶に欲情がかきまぜられている。けれども『四つの四重奏曲』では、そういう愛の体験の現在性よりも、過去と現在と未来とを問わず、その時間性からどうしたら贖われるか、という問題が中心をなしている。エリオットのかつての妻ヴィヴィアンの死を契機として、エミリー・ヘイルが過去の愛の成就をもとめ、エリオットがそれを避けたというような伝記的事柄は、作品の意味とはまったく関係がない。西脇は詩を読むとき、作者の伝記には関心がなく、もっぱら詩にだけ興味がある。

エリオットはこの連作全体を通じて、時間と永遠の接点を求めていく。それが歴史であれ、宗教であれ、普遍の主題である。簡単に言えば、彼の基本的姿勢はキリスト教的な時間の超越にほかならない。これにたいして西脇は時間の永劫回帰を認めるだけで、超越を否定するので、存在の無を感じるばかりだ、たとえば、次のような「イースト・コウカー」IIのもじりがみられる。

どんどん人間の歴史の中へ
潜航すると
簡単な笛や太鼓の音が
する人間の野原へもどつてくる

村の入口にはいくつかのドングリが
おちている
それは何物をも象徴していない
ただおちている
すべてはただ存在している　（「醮」）

サルトルは「存在と無」のあいだで人間の自由を説いたが、西脇は陶淵明のように「窮達」の運命に甘んじるのだ。だから、エリオットの『四つの四重奏曲』を肯定するわけにいかず、西脇はその安易な宗教的解脱をからかっている。

ムギコをつくる男の
石臼の音は
運命の女神の奏でる四重奏の
アラーアイサーモイラーエリオット　（同前）

アラーは言うまでもなく、アイサーもモイラーも運命の女神の名称である。『四つの四重奏曲』の中でエリオットが宗教的主題を一番打ち出している「リトル・ギディング」を、西脇はほかの詩で「リットル・ギディングという村まで五分と／いうところでこの偉大な事件が起つた」とまぜっかえしている。西脇の「偉大な事件」とはただの反語で、何も起こらないことをさしているにすぎない。しかし、西脇の諧謔をただの軽みとみなすのは適切ではないだろう。彼の諧謔は同時に、生物としての存在の哀愁を秘めているからだ。「醮」の末尾には、この永遠回帰の運命を甘受する人間の哀愁に満ちた叫びが聞こえてくる。

自然を賭けるバクチは
マラルメのサイコロのように
アイマイの運命だ
自然は永遠への橋だ
キビの畑にまがる虹をも
呑もう——
このプリズムの毒酒のきらめき
脳髄の滅亡

オイモイ！

最後の言葉は「悲しみ」を表すギリシャ語の感嘆詞である。そして、「毒酒のきらめき」はシェイクスピアやキイツの真珠の酒を連想させるばかりでなく、毒酒を飲んで自分の運命を受け入れたソクラテスをも含んでいるだろう。西脇はギリシャ人のように「自然《プシユケ》」を重んじる。それはヘラクレイトスの言うように存在から存在へとただ回転するだけだ。そこには時間の発展の観念もなく、歴史の意識も欠けている。エリオットが説くような「時間と永遠との接点」も、超自然的な贖いもみられない、西脇のエティモロジーにおける「永遠」は、エリオットとは違って「無」の世界である。「永劫といふ言葉を使ふ自分の意味は、従来の如く無とか消滅に反対する憧憬でなく、寧ろ必然的に無とか消滅を認める永遠の思念を意味する」のだ(『旅人かへらず』「はしがき」)。それは物のあわれの世界であり、『四つの四重奏曲』のキリスト教的思考の対極にある。西脇は前にロマン派の萩原哲学から追放されていると述べたが、同様にエリオットのキリスト教的形而上学からも追放されているだろう。この東洋と西洋の対位法を深く意識しないで、徒らに西脇の詩とエリオットの詩の類似を探しても、『四つの四重奏曲』を読んだことにならない。

3　より巧みなる者へ　エリオット、パウンド、西脇

一九四八年にエリオットがノーベル賞を受賞して以来、日本ではエリオットの名声が非常に高く、エズラ・パウンド(一八八五―一九七二年)はいまだに多くの場合エリオットの随伴者とみなされ

がちだが、事実は逆であってパウンドこそモダニズム運動のダイナモであり、推進者であった。一九〇八年にたった八〇ドルをポケットに入れて、「半未開の国」アメリカから家畜運搬船でヨーロッパに渡った彼は、ロンドンに上陸してわずか数年の内に、革新的芸術家たちを身辺に結集してしまった。少しおくれてロンドンにやってきたエリオットは、ウエスト・ケンジントンの狭い三角の部屋にパウンドを訪ねてやってきた。彼がおずおずと差し出した詩稿「J・アルフレッド・プルーフロックの恋歌」を一読して、パウンドはこの若いアメリカ人の才能を即座に認めた。実はこの原稿はそれまで友人の手を通じてイギリスの詩の雑誌に持ち込まれて、何回も断られたものであった。それからパウンドは、エリオットとウィンダム・ルイスやジェイムズ・ジョイス、それに彼自身の作品を売り出す雑誌を相次いで刊行して、モダニズム運動の土台を築いた。

ペイターのりんご色のネクタイをつけて、日本から西脇順三郎がロンドンに到着したのは、ちょうどエリオットの長詩『荒地』とジョイスの小説『ユリシーズ』とが刊行された年であった。今日ではモダニズムの完璧な手本とみなされているこの『荒地』の草稿が、実は支離滅裂な草稿で、みずから纏めることができず、パウンドの大胆な助言を仰いで、ようやく現在のようなすっきりした形に纏められた話は、今や伝説となっている。パウンドはエリオットとの一連のやり取りの終わりで、「ずっとよくなった。(省略)この詩はこれで〈四月は残酷極まる月だ〉から〈平安あれ〉まで一貫することになる」と保証している。だから、序詞として、「エズラが〈帝王切開〉を行ったのだ」という言葉を入れるように勧めたが、さすがにエリオットはそれを避けて、代わりに「より巧

みなる者　エズラ・パウンドへ」という献辞を掲げた。
それから第二次大戦を挟んで、詩人の運命は大きく変わった。エリオットは一九四八年にノーベル文学賞を受けて国際的な詩人となり、逆にパウンドはムッソリーニ政権に加担して反米活動（海外向けラジオ放送）を行ったかどで、戦争末期から十三年間もアメリカの精神病院に監禁された。その間、釈放運動が起こり、エリオットも幾度かパウンドを訪問している。西脇は一九五六年にパウンドに向かって「より巧みなる者へ」という一篇の詩をささげた。これは教え子の岩崎良三が刊行した『エズラ・パウンド詩集』（荒地出版社）に献詩を求められて書いたもので、例の『荒地』のエリオットの献辞をもじったものである。なかなかすばらしい作品で、パウンドの詩と生活に巧みに言及している。

インフェルノーからもどつて来た
この人はよく知らない
ラヴェナへ行く白い街道を
かいきんしやつを着て
あごひげをとがらして
歩いている
影がある

農夫がコローの風景画の中で
山羊の乳を
青いコップに入れて
一ぱいのませてくれた
一年たつてまだヨーロッパにいた　こゝは
トレドの入口だ　地獄の都市でない
バロクの時代だ
アルカンタラ橋の上で
おばあさんが葡萄を
籠に入れて
また売つていた
ロープ・ド・ヴェーガを
秋が来るまでに
読んでしまう
それから二、三年たつた
またロムバルジアの原だ
オリヴの林の中で

なにか考えていた　（『第三の神話』「より巧みなる者へ」）

パウンドは若いときに中世スペイン文学の専攻者で、スペインの街をあちこち放浪して回った。それから後に、エリオットとともにフランスのプロヴァンス地方もリュックサックを背負って旅行している。それらがここに空想を交えて連想されていて、まるで絵を見るようだ。後半を引用してみよう。

この男のことはよく知らない
この男のいたところも知らない
もう歩いて行く
白い家が白い崖の上にある
イボタの生垣がある
その辺を白い路がついている
十月だ　蝶がまだ少しいる
彼が書いた詩はぜんぜん
わからない
だがこれでわかつた

雨がかかつた
黄色い薔薇をつんで
すべての外国の詩の
ほんやく者の頭へ
かざる
ヨーロッパ文学のイムプレサーリヨ
であつたというひともある
鳳仙花　千日草　百日草
をとつて
庭へもどつて
グレコと一緒に休んだ
トレドの入口の郊外で
川のわきで曲つた庭がある
あれは僕の家だ
そのラヴァトーリヨから
彼はトレドの遠景を
描いた

この絵は今アメリカに行つている
バロク時代のペイザージだ　（同前）

最後に種明かしされているように、この詩の光景はグレコの名画《トレドの風景》（一六一〇―一四年）を借りている。その「ラヴァトーリヨ」（便所）から、この遠景を描いたというのは、西脇らしい諧謔だろう。途中で「これでわかつた」とあるのは、岩崎の翻訳をさしている。また「ヨーロッパ文学のイムプレサーリヨ」は、西脇自身のパウンド観の要約とみなしていい。パウンドはエリオットよりも遥かにヨーロッパ文学の伝統に通暁していて、西脇は『詩学入門』を読んで彼の博学ぶりと的確な批評に舌を巻いた。右の詩を書いた少し後に、西脇はある詩誌に「To Ezra Pound」という文章を載せている。その中で、「詩人は偉大な詩が書けなくとも、また全然詩を書かなくとも、その区別がわかる人は偉大な詩人だと思う。あなたはどうもそういう偉大な詩人にぞくす男だ」と述べた（ついでに、「エリオットもそういう詩人だと思う」と付け加えている）。

それはともかく、この詩は岩崎の手によって英訳され、パウンドのもとに同封された。当時、まだ監禁中の身であったパウンドは、日本からの思いがけない献辞に喜んだことだろう。さらに、この献詩のほかに同封されてきた西脇の自作詩英訳（「January in Kyoto」）も読んで、その中で巧みに『荒地』のパロディーをやっている西脇の力量に驚嘆した。そして「順三郎よりも生き生きした英語に最近お目にかかったことがない。（省略）このような詩人がいるのはこころ温まることです」

と岩崎宛の礼状で絶賛している。これが発端となって、西脇を日本からノーベル文学賞の候補に推薦するよう、各方面に働きかけることになった。その経緯と結末はすでにたびたびふれているので省く（拙著『詩人たちの世紀――西脇順三郎とエズラ・パウンド』みすず書房刊参照）。パウンドは岩崎への手紙の中で「どんな文学賞も審査員賞も、一個の子音の重みや母音の長さを変えうるものではありませんが、西脇順三郎の作品をスウェーデン・アカデミーに推すことは何の害もないでしょう」と書いている。これもまた、一人の異国の「より巧みなる者」への謙虚な献辞ではないだろうか。

一九六五年にエリオットが亡くなったとき、釈放されてイタリアに住んでいた高齢のパウンドは、病身を押してロンドンへ飛び、ウエストミンスター・アベイでの葬儀に参加した。そして彼は教会の外で記者たちにたいして、「今後、だれが私と諧謔をわかちあってくれるだろうか」と嘆じた。西脇もまたエリオットの死去を聞いた翌日、「荒地」グループの仲間たちと自宅でささやかな追悼の集まりをもった。彼もエリオットの諧謔の詩才については、パウンドに劣らず高く評価し、追悼詩「天国の夏（ミズーリ人のために）」で次のように告白している。

でもそんなことを考えながらも
あの死んだミズーリ人のことが
時々浮んで来ている

宗教的な平面の上に
笑いを刻みこんで
椅子の飾りにしようとした
（省略）
君は本当はルオム・デスプリだつたが
君の機智の諧謔は人にはわからない
このカンダのふるさとでどじようを食う
人たちだけが君の死を悼むのだ
君はダンのように諧謔の詩人だつた　（『禮記』）

エリオットを文明批評家でも宗教家でもなく、純粋な諧謔の詩人としてとらえた人は、日本には他にいないだろう。ここにはモダニストとしての西脇の一貫した態度がみられる。このように、モダニズムの先行者にたいして深い愛着と敬意を表明しながらも、彼は決してエリオットのエピゴーネン（亜流）ではなかった。『四つの四重奏曲』の場合にみたように、ときには批判をしたり、揶揄したり、対等な姿勢を崩さなかった。末尾近くの詩行には、二人のほほえましい関係がよく窺えるだろう。

最後の詩行はエリオットの「ザ・ドライ・サルヴェイジィズ」のもじりである。

このふるさとへきてみたまえ
いい加減なカンダガワが流れている
印刷やと出版やの部落で
時々やせた犬が下を向いて歩いている
でも煉瓦の地獄で休んで目をとじて
ジョイスのように額に手をやつて
よく考えてよく耳傾けてみたまえ
なんとこのどぶ川もロワル河のように
昔の夢を囁いてくれるのだ
君ならミシシッピー河の音に聞えるだろう　（同前）

パウンドはまた、エリオットのダンテへの傾倒を高く評価し、インタビューでも「エリオットは現代のダンテだ」と称揚している。パウンド自身も、実はエリオットに劣らず、生涯ダンテの傾倒者であった。しかし、エリオットのように宗教家・神秘家としてのダンテでなく、歴史家・社会批判者としての一面を彼は受け継いでいた。生涯をかけて書いた百篇を超える大作『キャントーズ』は『荒地』とちがって「歴史を含む詩」で、ダンテの『神曲』に匹敵する現代風叙事詩であり、

『地獄篇』と言えよう。彼自身は「決して秩序のあるダンテ風の上昇でなく」ただ「風のまにまに筏に操られ」ていくモダニズムの実験と称している。特にイタリアで米軍キャンプに抑留中書かれた『ピサ詩篇』はその白眉と目され、第二次大戦後の詩壇での評価はいまや『荒地』や『四つの四重奏曲』をしのぐほどである。西脇は『キャントーズ』の巻頭歌を訳しているので、参考までにその最初の詩行を少し紹介したい。

だがそれから船へ下つて行き
波へ竜骨をつきこんで神々しい海原へのりだし
私らはその黒船に檣と帆をつき立て
船には羊を運びこみ、そしてまた私らの身体をも
心は重く泣きながらのりこんだとき風は
船尾から吹き帆は腹み私らを運び出し進んだ
キルケーのこの船、美しい帽子をつけた女神は。
それから私らは船の真中に坐り、風は
舵柄をしめつけて、日暮まで海を渡つた。（第一篇）

これは言うまでもなく、ホメーロスの有名な叙事詩の翻訳であり、ジョイスの『ユリシーズ』に

も下敷きに使われているし、エリオットの「荒地草稿」にも同じ挿話が含まれている。パウンドはジョイスがホメーロスの叙事詩をダブリン市民の日常にまで引き下げたのに対抗して、世界文化の大海へ乗り出した。その壮大な意図をここにふれるだけで、全体の内容については省略しておこう（詳しくは、前掲『詩人たちの世紀――西脇順三郎とエズラ・パウンド』と拙訳エズラ・パウンド『ピサ詩篇』みすず書房刊を参照していただきたい）。

VI　古典とモダン

1　「郷愁の詩人与謝蕪村」と「はせをの芸術」

昭和三七（一九六二）年に、長年教えていた慶應義塾大学を辞するにあたって行われた最終講義「ヨーロッパ現代文学の背景と日本」で、「若いときの私をご存知の人は、どっちから見てもヨーロッパ人の乞食というような感じがしたんじゃないかと思う」と、西脇は昔を回顧している。

振り返れば、イギリス留学から帰国後、矢継ぎばやに出された『ヨーロッパ文学』そのほかの大著は、西脇という優れた個人の頭脳に移った西洋文学の光と影であり、比類のない知性の祝祭だった。『ヨーロッパ文学』の原題は「ランパスとアマリリス」（*Lampas et amaryllis*）であって、みずみずしい柔軟な感受性がよく窺われる。また評論集『輪のある世界』も、題名は文学青年のシンボルを示唆しているらしい。戦後、昭和三三年の再刊本の「あとがき」で、西脇は次のように初版刊行当時の反応を語っている。「第一次大戦後の新しいヨーロッパ文学に対して同情を持った人達が、まだ若い時に第一書房から出た『輪のある世界』を読んで私に初めて興味を感じたという話をしばしばきいた」。

当時の彼の著作には、日本文化の影もなく、全くの「故郷喪失者」の文学とみなすことができるかもしれない。それは外国に行かなかった萩原朔太郎の場合でも同じだ。晩年に彼は「日本への回帰」の中で、次のように、当時のモダニストたちの心境を代弁している。

少し以前まで、西洋は僕等にとっての故郷であった。昔浦島がその魂の故郷を求めようとして、海の向こうに竜宮をイメージしたように、僕等もまた海の向こうに、西洋と言う蜃気楼をイメージした。だがその蜃気楼は、もはや僕らの幻想からきえてしまった。(省略)そこで浦島の子と同じように。この半世紀に亙る旅行の後で、ひとつの小さな玉手箱を土産として、僕らは今その「現実の故郷」に帰って来た。

やがて萩原は「西洋的なる知性を経て、日本的なものの探究へ」向かった。「郷愁の詩人与謝蕪村」や「芭蕉私見」などを発表している。若い頃から彼は短歌の叙情性を愛して、俳句を本質的に毛嫌いしてきた。その理由は俳句の客観性であった。「僕が俳句を毛嫌いし、芭蕉も一茶も全く理解することが出来なかった青年時代に、ひとり例外として蕪村を好み、島崎藤村氏等の新体詩と並

立して、蕪村句集を愛読した実の理由は、思うに全くこの点に存して居る」と蕪村の浪漫的な青春性を称えている。萩原は

愁ひつつ岡に登れば花茨

という蕪村の句を「無限の抒情味に溢れて」いて、「西洋詩に見るような詩境である」と絶賛している。後に芭蕉の主観性を再発見してからは、蕪村の俳句には「芭蕉の俳句や人麿の和歌に於けるが如き真の叙情的なリリシズム（音楽的陶酔）を感じはしない」と意見の軌道修正を行った（「芭蕉俳句の音楽性について」）。いずれにせよ、萩原が蕪村や芭蕉に見つけるものは、つねに「リリシズム」や「主観性」であることは、いかにも彼らしい。

これにたいして、西脇のほうはリリシズムよりも諧謔に興味があり、蕪村よりも芭蕉に遥かに関心が深く、晩年にさかんに芭蕉の諧謔を称揚している。山本健吉との対談でも、「蕪村は非常にうまいし、美しいけどね、絵に描いたらすばらしいものですけど、しかしあれはそういうウィットがないんですね。ほとんど全くないでしょう」と述べている。そして、「はせをの芸術」の中で、「芭蕉の芸術の本質は俳道である。俳するということは冗談をいうことである。彼はいつも自然詩の中で冗談をいう」と説く。

たとえば、

枯枝に烏のとまりたるや秋の暮

の目的は「あてこすり」であって、「栄達利得の世界に生きる人間を笑うためである」と説明する。また世間の俳人が侘びとかさびの例としてあげる「古池や」の句も、西脇はイロニーとみなし、「崇高な諧謔」と呼んでいる。

ほかにも多くの名句を、次々に「おどけ」「もじり」「ふざけ」「あてこすり」「とぼけ」のカテゴリーで分析する西脇の芭蕉論は、多くの俳門の人たちからみれば、奇説あるいは冒瀆と受け止められるかもしれない。しかし、西脇の普遍的なイロニーの詩学からすれば、シェイクスピアも芭蕉も、共にウィットであるのだ。『われらの同時代人シェイクスピア』という名著もあるくらいで、芭蕉を現代詩人と同列に扱うのに、何ら奇異なことはない。古典を過去の伝統として扱う態度こそ、改められなければならないだろう。

余談だが、川崎の影向寺に『旅人かへらず』の詩碑が立てられたとき、西脇の隣に芭蕉の句碑が並んだ。モダンな詩人と古典の俳聖との組み合せは、世間の目にはまさに「解剖台の上でのミシンと雨傘の出会い」のように映るかもしれない。

三田の教室でシュルレアリスムの黄金の鍵を西脇から受け取って以来、ずっとモダニズムの同伴者だった瀧口修造は次のようにもらしている、「おそらく西脇さんは日本の文学畑に先人なき種付けをしてきたのではなかろうか。そのばせをの精霊の扉を苔の下から叩くこともあるに違いない何ものか、それは何か、つい口許まで出ているのだが、私は言えない」。

2　西脇順三郎と現代詩人たち

天才と影響の不安

和歌の歴史をみても、俳諧の歴史をみても、ひとつの文化のジャンルが成熟するには一、二世紀かかる。現代詩というジャンルも、「新体詩抄」（一八八二年）から西脇順三郎の没年（一九八二年）まで、一世紀かかっているし、それから今日までを加えれば、一世紀ともう四半世紀を経ている。ようやくひとつのジャンルとして、みごとな発展をみたと言えよう。文化の歴史は煎じ詰めれば、天才の歴史である。つまり、柿本人麻呂や紀貫之とか、芭蕉という天才が出て大きく発展したわけで、近代詩の歴史についても同じことがあてはまるだろう。

今年は萩原朔太郎の『月に吠える』（大正六［一九一七］年）が出てから九〇年になるが、この詩集は、日本の近代詩の発展のうえで、大きな質的飛躍《エラン・ヴィタール》であることは、広く認められている。萩原朔太郎自身も、「この詩集以前に今日の如き潑剌たる詩壇の機運は感じられなかった。すべての新しい詩のスタイルは此所から発生されて来た。……この詩集によつて、正に時代は一つのエポックを作ったのである」と再版序文で自負している。

もう一つのエラン・ヴィタールは、西脇順三郎である。今年は没後二五年目だが、この二人の詩人の生涯を通算すると、ほぼ一世紀になる。日本の近代詩は、この二人の出現によって今日の成熟をみた。初めてモダンなものになったと言っていい。ほかにもモダンな詩人がいるではないか、と反発されるかもしれない。たとえば、一般の文学史的な見方では、確かに萩原のモダニズムの実験の側面は西脇に受け継がれたが、抒情詩の流れは三好達治と「四季」派の詩人たちがいると言われる。晩年の萩原も「詩というは抒情詩の他になし」（ポー）と称して、「四季」派に同調していた。

しかし、第二次大戦争直後の現代詩人たちは、その立場を異にしていた。

たとえば、戦後詩の代表的なグループ「荒地」の一人であった北村太郎は、こう述べている。「三好達治が仮りに存在しなかったとしても、昭和初期からのわが国の詩は、それほど重みを失ったことにはなるまい。（省略）しかし、西脇さんは、もし彼が存在しなかったら、現在のわれわれの詩の世界の言語感覚は、よほど違ったようになっていると想われる」（「J・Nの永遠」）。戦後詩に重要な足跡を残してきた詩人の証言として、軽々しく聞き流すわけにはいかないだろう。

西脇順三郎は、萩原朔太郎の八歳下で、同時代人として互いに知己であった。

彼の詩的出発の頃に「MAISTER 萩原と僕」（昭和一二年）という短いオマージュをささげているが、晩年にも「萩原朔太郎の魂」（昭和四七年）という長い評論を書いた。その中で、萩原を「天才」と呼んでいる。この言葉はほかの詩人には一度も使ったことがない。「この天才詩人はすぐれたウィットの詩人であった。ウィットなくしては一行の詩も書かなかった。この点が彼が天才であった重大な証明になる」と断言している。

この証言の中には萩原と西脇をつなぐキーワードが含まれていよう。萩原も「詩は諧謔の笛をもたなければならない」と説いた。つまり、「天才」とはそういうウィットをもった詩人であって、ただの抒情詩を書く詩人ではない。

西脇順三郎は自分でこそ天才とは自称しなかったが、その機知の博覧強記ぶりはまさに時代をこえている。ウィリアム・ブレイクは「時代はいずれも等しいが、天才は常に時代を超えている」と述べた。これは余談だが、あるとき西脇順三郎は、日射病で倒れて意識が少し朦朧としたとき、「おれはシェイクスピアよりも偉大だ」とうわごとをもらした。シェイクスピアは最大のウィットとして、常日頃から西脇が賞賛してやまない天才詩人であった。

このような天才の出現は、他人の追従を許さないどころか、しばしばほかの詩人たちを詩が書けなくさせてしまう。天才的詩人は突然変異であって、一代限りであることは、芭蕉といわゆる蕉門の俳人たちの句の違いを見てもわかるだろう。

萩原の『月に吠える』や『青猫』は、ゆきどまりであって、それに続く道はない、と『萩原朔太郎』の中で三好達治は言っている。

だが、同じことは西脇の『アムバルワリア』についても言えるかもしれない。刊行当時は彼の周辺に彼のスタイルの模倣者たちが多くいたが、やはり続かなかった。

戦前に北村がまだ府立三商の中学生だった頃、同級の田村隆一たちと一緒に、西脇の詩集の題名を借りて『アムバルワリア』という詩集を卒業記念に出した。もう一人の「荒地」の詩人・黒田三郎は、戦後すぐに自分たちの詩誌で「西脇特集」を刊行したとき、「あとがき」で次のように発言している。

詩人西脇順三郎が日本の詩の歴史に占める特異な意義について、人々は遂に何事をも語らなかったように見える。（省略）この敗北のあとの廃墟の中で、我々が新しく過去を振り返るとき、我々は二人の詩人、萩原朔太郎と西脇順三郎を見出し、我々の内外にあるこの異様な対比から第一歩を始めねばならぬ運命を切実に感じるのである。（「荒地」昭和二二年一一月号）

しかし、だからといって、「荒地」の詩人たちが全面的に西脇を肯定していたかというと、それには相当の留保がある。彼らはみな戦争体験を経て、オーデンのような危機意識をもった詩人なので、西脇のモダニズムの手法には大いに感化を受けたが、詩的姿勢は異なる。田村隆一の詩に、

危機はわたしの属性である（「十月の詩」）

という詩行があるが、これは端的に「荒地」の立場を集約していると言えよう。このような危機意識をもたない西脇順三郎にたいして、「荒地」の人たちは強い愛憎意識《アンヴィバランス》を抱いていた。

チェスタートンの書いた有名な推理小説に『木曜の男』という作品がある。これは政府の転覆を計画して爆弾をしかける無政府主義者のグループについての話で、その危険な組織を内偵するために六人の刑事が秘密の会合にもぐりこむ。しかし、その出席者全員が、「月曜」から「土曜」まで匿名を使っているが、実は変装したイギリス警察の刑事であったことが互いに判明するという、どんでん返しが見られる。しかし「日曜」と呼ばれる親玉だけはついに正体がわからず、刑事たちの追跡を巻いてしまう。チェスタートンは有名なカトリックの護教家だから、この超人的な「日曜」は神の寓意《アレゴリー》かもしれない。

言ってみれば「荒地」の仲間たちは、この六人の刑事ではないだろうか。かれらは戦後詩人という原理的立場から、モダニストの親玉としての西脇を世間的には批判したけれども、一度その仮面をはずしてしまうと、実は一人一人西脇の愛好者であった。一番のポレミックは鮎川であったし、西脇も「鮎川に粛清された」と半ば冗談にもらしているが、西脇が世を去ったとき鮎川は「師」という深い敬愛の念をこめた追悼文を書いている。

弱年の日に、"Ambarvalia" に心を奪われたことが、私にとって決定的な出来事だった。つづいて「超現実主義詩論」、「輪のある世界」、「ヨーロッパ文学」等を貪るように読み、西欧の

文化を大局的に把握することを教えられた。（省略）
先生と私との間には何の共通点もなかったが、文学の非個人性を大切なものと考えることでは一致するところがあった。表現された私は、私ではない。文学と私は、別物である。そうしておかないと、文学も、私も、ダメになってしまうという認識であって、T・S・エリオットの文学観に由来するものであった。

エリオットが死んだとき、西脇邸で、今世紀最大の詩人を悼むお通夜をした。招かれて出席したが、私にとっては、それが親しく先生の謦咳に接した唯一度の機会であった」。（「ユリイカ」昭和五七年七月号）

田村隆一　眼の詩人と野原

しかし、なんと言っても「荒地」仲間でもっともあけすけに西脇に親近感を抱いていたのは田村隆一であった。彼は生涯を通じて、いくども西脇へのオマージュを捧げている。一〇篇は下らない。野球の選手で言えば、ホームランの最多打者だろう。

ここでは、その二つの例をあげてみよう。

ぼくは十七歳の四月　早稲田の古本屋で
不思議な詩集を見つけて

東京の田舎　大塚から疾走しつづけた
ワインレッドの菊型の詩集をめくっていると
ほんとに手まで赤く染まってきて
小千谷の偉大な詩人　J・N
言葉の輪のある世界に僕は閉じこめられてしまって
古代ギリシャの「灰色の菫」という酒場もおぼえたし
イタリアの白い波頭に裸足のぼくは古代的歓喜をあじわって
だしぬけに中世英語から第一次世界大戦後の
近代的憂鬱に入る
（省略）
人は言葉から産まれたのだから
J・Nは言葉のなかにいつのまにか帰っているのだ

四千年まえの　二千年まえの　百年まえの
言葉という母胎に帰ってくる旅人たち　（「哀」）

これは追悼詩で、遺稿詩集『帰ってきた旅人』の中に含まれている。この詩集の題名は西脇順三郎を指していて、有名な『旅人かへらず』の言い変えである。しかし、もっと深い意味も含まれている。尊敬する詩人イエイツが死んだとき、オーデンは哀悼詩の中で、「死者の言葉は生きている人間の腹の中で酸化する」と歌った。田村隆一も西脇の詩の言葉はわれわれ生きている者たちの言葉の中に帰ってくる（受け継がれる）と、ここで言っている。一時の流行の詩でなくて、流行不易の詩。これこそ「伝統」という意味にほかならない。

田村自身の詩語は西脇順三郎よりも論理的なスタイル・形式を備えていることで名高い。「垂直的人間」と「水平的人間」の対位法をみごとに駆使したり、警句的な表現が多い。戦後の名詩集と呼ばれる『四千の日と夜』などは、全体が言葉のゴシック建築のようなもので、これを「霊柩車」みたいだと悪口を言った人もいるが、いずれにしても壮観なことはだれも認めざるを得ないだろう。

これは裏返して言えば、論理の過剰もやはり機知の精神が旺盛なことにほかならない。田村隆一が西脇のウィットをだれよりも好んだのも、もとから自分の中に同じようなウィットの精神があったからにちがいない。一口で言えば、エスプリの詩人で、諧謔を好んだ。

例えば「冬の皇帝」の散文詩などは、全体が機知で構成されていてすばらしいが、冒頭の「石の中に眼がある　憂愁と倦怠にとざされた眼がある」などは、『アムバルワリア』の「石に刻まれた髪／石に刻まれた音／石に刻まれた眼は永遠に開く。」（「眼」）を想起させる。先人の言葉が現代の詩人の言葉の中に生かされている好例だろう。田村はつねづね、「西脇さんは、いい眼と、いい耳と、いい色と、すべて詩人に必要な条件を備えている」と語っていた。

晩年の田村隆一の詩は、「言葉なんか覚えるんじゃなかった……」という有名な作品（「帰途」）のように、もっとくだけた話し言葉になってきている。

そのよい例が「灰色の菫」だろう（詩集『灰色のノート』所収）。題名は、西脇の『アムバルワリア』の有名な「ギリシア的抒情詩」篇に出てくるイメージを借りたものである。これはもともと詩誌「無限」の西脇特集号のためにアメリカ滞在中の田村隆一から送られてきた詩で、副題に「西脇順三郎先生に」という献辞がそえられている。前半は三年ぶりにたずねたアイオワの行きつけのバー「ドナリー」の思い出だが、その先は田村流の展開で、バーの創業１９３９年という看板から

1939 年は W・H・オーデンが
ニューヨークの五十二番街で
「灰とエロス」のウイスキーを飲んでいた「時」だ

というふうに連想が続いていく。そして急に最後で次のように西脇詩にふれているのだ。

さて
ビールにはもうあきた
裏口からそっと出て行こうか

ギリシャの方へ
バコスの血とニムフの新しい涙が混合されている
葡萄酒を飲みに
「灰色の菫」という居酒屋の方へ　（「灰色の菫」）

『アムバルワリア』の西脇順三郎の詩「菫」では、言葉の錬金術師である詩人を「コク・テール作り」になぞらえて、「『灰色の菫』といふバーへ行つてみたまへ。」と読者の想像をかきたてている。田村隆一はその詩の中の「バコスの血とニムフの新しい涙を混合する」という遠いものの連結が好きなのだ（むろん、葡萄酒も好きだが）。「荒地」の詩人の中でも、彼ほど西脇の機知を好んだ人はいないだろう。ウィットは二人を結ぶキーワードだ。

いま一つ、田村と西脇を結ぶ重要なキーワードに「自然」がある。戦争直後の精神的廃墟の中で逆説の論理から出発した田村は、『緑の思想』や『言葉のない世界』以降、都市の詩人から自然観察の詩人へと回帰を遂げ、自然詩人としての西脇に接近している。

と言っても、現代詩人がすぐに芭蕉や西行の自然観に回帰してしまうわけにはいかない。彼は『言葉のない世界』について、「確かに自然というものが非常に重要なテーマになってきている」けれども、「日本の伝統的な短歌や俳句、それから、いわゆる伝統的な美意識による近代詩、そういったものの自然にたいする歌い方」に逆らって書こうとした、と述べている（自撰詩集『腐敗性物質』解説「詩的遍歴」)。

むろん、西脇の「自然」意識も、そう簡単に「伝統的」とか「東洋的」とは言い切れない美意識であって、「四季」派的な抒情的詠嘆とは異質である。それは陶淵明的な自然詩人とギリシャ的な「カプリの牧人」との両方から生まれた新しい混合《カクテール》と呼ばなければならないだろう。

田村隆一に西脇順三郎についての講演を頼むと、いつも「J・Nの野原」という題名になってしまう。彼が西脇順三郎にささげた詩にも、やはり野原のイメージが出てくる。彼は戦後に「都市」という立派な機関誌を編集してオーデンやそのほかの詩人の特集をやっていたが、都会詩人としての限定を軽々と超える野原の詩人に、羨望の眼を寄せたオマージュの詩だ。

J・Nの世界は不思議な野原
巨木のクワの葉　青ざめた人間　道は
まがりくねりながら
甲州街道から中国へ　そしてギリシャまで
　つづく
J・Nの「シルクロード」
それからイタリアへ　イギリスへとのびる
この旅人は

いつも灰色のソフトをかぶっているが
イエローに変る瞬間もある　夏の車内の自画像
青年のぼくを驚かせた近代的アンニュイと
　古代的歓喜が銅貨の表裏のように
なっている「あむばるわりあ」
J・Nの中世がはじまるのは戦後の「旅人
かへらず」
その果てに「哀」「ポポイ」が顔を出す
J・Nは海を書かないかわりに女体を描く
ふるえる線が詩的言語になり
その表現が山や野原になる
J・Nの帽子の下に白い眉をかくした
顔があり　言葉と色彩を生み出す手が直結する
おお　ポポイ　（「帽子の下に顔がある」）

飯島耕一　『田園に異神あり』

飯島耕一は田村隆一より一世代下だが、やはり同じ戦後の廃墟の中から詩的出発して、「荒地」

の詩人たちに深い親近感を持っている。
　第一詩集『他人の空』にある

　鳥たちが帰って来た。
　地の黒い割れ目をついばんだ。
　見慣れない屋根の上を
　上ったり下ったりした。
　それは途方に暮れているように見えた。　（「他人の空」）

という詩行などは、たとえば、田村隆一の「幻を見る人　四篇」の次の詩行につながるところがある。同時代の詩人としての共通意識から産まれたものだ。

　空は
　われわれの時代の漂流物でいっぱいだ
　一羽の小鳥でさえ
　暗黒の巣にかえってゆくためには
　われわれのにがい心を通らねばならない

今日、飯島は自他共に「戦後詩の最終ランナー」と認められている。数年前に、画期的な詩集『アメリカ』で読売文学賞を受けたことはまだ記憶に新しい。戦後すぐに鮎川信夫は期待と不安をこめて「アメリカ」という詩を書いているが、彼はその詩をふまえて「悲しいアメリカ」の現実を歌い上げた。彼は自分の詩法を谷川俊太郎と比べて、「谷川が詩人であるようには／私は詩人でない」と、歴史意識を次のように強調している。

石毛拓郎はわたしの歴史眼が単眼で
せいぜい戦後の焼け跡までしか届いていない
と批判しているが
わたしの歴史眼はどこをあるいていても　何に直面しても
その物や風景の背後へと
突き抜けねばと焦慮をかさねて来たのだ
わたしは詩　詩と言いながら
ほんとうは歴史に背すじを　戦慄させて来たのだ
わたしは詩人ではない
谷川俊太郎のようには――

またそのほかの誰彼のようには
（省略）
わたしとは一個の歴史家なのだ　（『上野をさまよって奥羽を透視する』「品川　大井の旅」）

その意味で飯島は、最初、「荒地」の詩人たちに近い立場におり、ながいあいだ西脇を迂遠な存在に感じていた。大岡信たちとシュルレアリスムの研究会をやっていた頃も、「西脇は単なるシュルナチュラリストであって、シュルレアリストではない」という批判的な文章を一、二の雑誌に発表したりした。しかし雪解けは意外に早くやってきた。瀧口修造の出版祝いの会で、西脇が飯島に近寄り、「君はまだ気にしているか。僕は全然気にしてない」と言われて、飯島も急に西脇を身近に感じた。それ以来わだかまりが消えて、実はずっと前から西脇の詩を受け入れる用意がすでにできていたことを自覚した。この話は「西脇順三郎への回流」という美しい文章に載っている。これは詩人の発見というものがいかに突然の変化であるかをよく教えてくれる。それまでに徐々に水量が増していて、溢れるのを待っていたのだ。これもまた、文化のエラン・ヴィタールの例であろう。

西脇順三郎と飯島耕一との本質的な違いは、飯島が歴史的なのにたいして、西脇は没歴史的なところにある。『上野をさまよって奥羽を透視する』から『アメリカ』に至る詩集の歴史意識は、西脇の詩にはどこを探しても見られない。「我がシ、リアのパイプは……幾千年の思いをたどり」

（「カプリの牧人」）のように、西脇は時代や歴史をこえて、すぐに永遠に直結してしまうからだ。その逆に、あるとき飯島は西脇さんからもらった色紙か何かに、「説教師の牧人の果てしない飯島」と書かれて、「僕の内部に、一人の説教師が住んでいることを、ひと眼で見ぬかれたに相違ない」ともらしている（『西脇順三郎　詩と詩論』III、付録「夏の詩、イソップ物語など」）。

飯島のすぐれた西脇論『田園に異神あり』の発見は、このような歴史感覚を持たない牧人としての西脇の自由である。ゆううつなときに西脇の詩を読むと、開放感を感じると彼は告白している。

晩年の西脇順三郎は外出するとき、ファウストに従うメフィストフェレスのように、いつも灰色の帽子を携えていく。それは白髪をかくすためで、家に入るとポンとソファーの上に転がす。ある日、飯島耕一の家に遊びに来た折に、いつも手にしている大事な帽子をタクシーの座席に置き忘れてしまった。そんな印象が直接の詩の契機かどうか知らないが、飯島耕一には西脇の帽子について次のようなおもしろい詩がある。一八世紀の自然児ジャン＝ジャック・ルソーと現代の牧人である西脇をくらべているところが、なかなか意表を突いている。

ルッソーには劇場の改札口が
地獄の法廷に見えたが
西脇順三郎の帽子は
何に見えたことだろう

それはかなりの問題だ
というのも　わたしたちは
簡単にルッソーの意見を
聞くことができないからだ

ルッソーは電話などで
悩まされることがなかった
西脇順三郎が電話をしているのを
二、三度見たことがある

十八世紀からかなり時が経ったことを
その時感じた
風は西脇さんの帽子の上を吹き　波は
自由人よ　と叫んでいたが。（「ルッソーと西脇さんの帽子」）

ここには飯島耕一の目に映った現代の牧人としての西脇の姿があると言えよう。時代の状況に過敏な感受性をもち、傷つきやすい飯島には、牧人の帽子をかむって野原をさまよう西脇は、ジャン＝ジャック・ルソー以上に自由人にみえたにちがいない。「波は／自由人よ　と叫んでいた」というイメージには、「オー、サラッサ！」（海よ）と叫ぶギリシャ人の世界が連想されてくる。暗い終末的時代に住む現代詩人たちにとって、西脇順三郎の詩はいわば脳髄をくゆらす牧人の笛なのかもしれない。

戦後詩以降

もはや「戦後詩」の時代は終わったという言葉を最近よくきく。いわゆる歴史意識が薄れた時代に、西脇の詩はどう受け止められていくのか。これをだれも手短に語ることはできない。ここでは、まず入沢康夫の見解を引用しておこう。

彼はその状況を、次のように巧みに要約している。

西脇さんの影響は、さまざまな局面、さまざまな水準において、昭和三十年代以降の日本の詩の、ほぼ全域に及んでいるとこそ、言わねばならぬ。明らさまな模倣作、追従作（あるいはパロディー）は言うに及ばず、作者自身がそれと全く意識していない場合（おそらくそれが大部分だが）を含めて、日本現代詩は西脇さんの営為によってもたらされたものの「お蔭」を、存分にうけている。たとえば、詩の「語り口」の上で、これだけ広範な影響力を持ちえた詩人は、近代、現代の詩史の上で他にはないと言えそうだ。朔太郎でさえもが、この点では一歩をゆずるのではなかろうか。（「天地不仁――西脇順三郎の『淋しさ』」）

萩原朔太郎も生前に多くの模倣者を得たが、その多くは亜流であって、真の詩的創造とは関係がない。本来、天才はコピーできないものだ。

したがって、もし、今日の詩人たちを眺めて、厳密に萩原や西脇の影響をさがそうとしても、あからさまな形では見られなくなっている。むしろ、どこにも無いと答えたほうが適切かもしれないが、それは返って影響が広く浸透していることを意味していると言えよう。そこで、田村隆一や飯島耕一以降の世代で、『アムバルワリア』がいかに受け継がれたか、いくつか散見した例を述べてみよう。

はじめにあげる例は、最近出たばかりの野村喜和夫の『稲妻狩』という、短いアフォリズムを集めた詩集からである。萩原朔太郎はアフォリズム集を何冊か出しており、西脇順三郎も「ナタ豆の現実」というような秀逸なアフォリズムを書いているが、最近の詩人にそういう例はあまりみられない。では、「雨」と題する一篇を読んでみよう。

名づけるとは
むかし雨という

柔らかな女神の行列がそうしたように
寺院や魚や
大地や草を
はこべやははこぐさを
うっすらと濡らすこと
乾いてきたら
また名づけ直さなければならない
われわれというありかたが
雨なのだ
投げ網のように柔らかく降りかかる
雨　（「雨」）

これは言うまでもなく、「ギリシア的抒情詩」篇の同名の作品の引喩であり、詩論である。もはや西脇の詩は現代詩の古典となった感が深い。本歌取りの本歌として、死者の言葉は現代詩人の腹のなかで咀嚼されているよい例だ。念のために西脇の「雨」をここに掲げておこう。

南風は柔い女神をもたらした。

青銅をぬらした、噴水をぬらした、
ツバメの羽と黄金の毛をぬらした、
潮をぬらし、砂をぬらし、魚をぬらした。
静かに寺院と風呂場と劇場をぬらした、
この静かな柔い女神の行列が
私の舌をぬらした。（「雨」）

この柔軟な思考による雨のみごとな暗喩を、野村はものを名づけるという詩人の詩的行為の比喩に作り変えているところが新しい。

萩原朔太郎の『月に吠える』のように、西脇の『アムバルワリア』はほかにも多くの詩人たちにインスピレイションの源泉となった。その例を集めたら、優に一冊のアンソロジーができるにちがいない。吉岡実の後期の詩とか白石かずこの長詩なども、当然それに含まれなくてはいけないだろう。ほかにも姫路の詩誌「天蓋」で戦後いち早く西脇特集を出して以来、ずっと師の衣鉢をついでいる金田弘もいる。しかし、そのような明白な影響関係でなしに、一読しただけでは気がつかないものも少なくない。

先日、慶應義塾の広報誌「三田評論」のために西脇順三郎について閑談をしたときに、舞台女優の村松英子さんから、「私の詩も西脇先生から影響を受けている」と聞いて、びっくりした。文学座でデビューされる前に慶應の大学院で西脇教授に師事した方である。さっそく送ってもらって、その詩集を読ませていただいた。それは一九七〇年代に刊行されて読売文学賞の候補となった幻の詩集『一角獣』で、エーゲ海の香りが豊かにする一篇をここに引用してみたい。

あなたの眼は何をみていたのか
無邪気に神託をのべながら
憎悪にみちていたあなたの眼は

あなたの心には何がさまよっていたのか
美しい迷路の　その奥ふかく
半神半獣が棲んでいたあなたの心に

あなたのからだに何が宿っていたのか
凜々しい若者へのひたむきな愛か
ディオニソスのおしえた狂操道《オルギア》の逸楽か

アリアドネ　アリアドネ

けだるくて情熱的なあなたの髪
毛先のふれる優しい胸に復讐の冷い剣を抱き
そむきあうふたつの血潮にひきさかれ

アリアドネ　なぜ？
あなたは柔い唇を閉ざしたのか
女の宿命《サダメ》を　その手ににぎりしめたまま　（「アリアドネ」一九七二年）

アリアドネはクレタ島の王ミノスの娘で、この島で毎年、半神半獣のミノタウロスに青年男女をいけにえとして捧げるという慣行を破るためにやってきた英雄テセウスを見初めて、父を殺す剣と迷宮から脱けだすための赤い糸を彼に与えた。二人は手を携えてニクソス島に渡るが、やがてテセウスはアリアドネを棄てて行ってしまうという神話が、この詩の背景をなしている。確かに、ここにはディオニソスなど、西脇のギリシア的抒情詩篇の世界に通じるものがある。たとえば「ディオニソスは夢見つゝ航海する」などというイメージが『アムバルワリア』にみられるし（「皿」）、オデッセウスやペネロペなどと一緒にアリアドネもほかの詩集に登場している。しかし、その半面、この詩には西脇詩に見出されない悲劇的感情と、きっかりと計算された構成法があり、これは完璧な詩劇のせりふになっている。

それに反して、西脇詩のスタイルはもっとルースで、内容もノンシャランであると言っていい。「テラコタの夢と知れ」というような、のびのびした喜劇性をつねに備えていて、いわば西脇順三郎はロマン主義的な「崇高」の感情から逃れようとするラオコオーンだ。

それにしても、西脇に親しく学んだ人が、このような詩興をかもし出したのは、やはり西脇順三郎の幅広い影響の一つだろう。私はこの詩集を手にして、遠き島から流れ着いた椰子の実のように、何ともなつかしい感動をおぼえた。

エピローグ　あとがきにかえて

西脇順三郎は若いときに画家になることを志望していた。しかし父親の死に会い、周囲の人たちから、人間は食うために正業に就かなければならない、と言われて画家の道を断念した。だが、詩人として名を馳せてからも、生涯、絵の世界に郷愁を感じていた。最晩年に瀧口修造や海藤日出男の肝いりで、赤坂の草月美術館で「回顧展」を開いたとき、来館者は展示された絵の点数が膨大なのと、色感の豊かさに驚嘆した。没後に鎌倉の神奈川県立近代美術館で「馥郁タル火夫ヨ　生誕一〇〇年　西脇順三郎　その詩と絵画」展が催されたときも、やはり絵画が多くの人たちを惹きつけた。

もし、生涯にわたって画家修業を続けていたら、ユニークな色感とみごとな線をもつ西脇画伯として名を残したかもしれない。「回顧展のため挨拶」で、「私はしろうと絵かきで満足したい」と西脇順三郎は述べている。いずれにせよ、専門家でない私には、この詩人の画才について語る資格はない。

だから本書では、西脇順三郎自身の絵ではなく、彼の詩にあらわれた豊富な絵のイメージについて触れることにした。

昔から「詩は絵のごとし」と言われるように、詩の比喩は絵と関係が深い。しかし「すぐれた比喩は天才だけに作ることができる」と、アリストテレスも言っている。西脇順三郎の比喩は凡庸な詩人には真似ができないほど豊かで、しかも絵画的イメージが豊富なことが大きな特徴の一つと言えよう。ムソルグスキーの「展覧会の絵」のように、西脇詩の殿堂には無数の絵がかかっている。まだだれもそのことを正面から取り上げていないので、私は彼のすぐれた絵画的イメージを集めて、西脇美術館を建てることにした。それが本書である。「(覆《くつがへ》された宝石)のやうな朝」という有名な西脇の比喩にならって言えば、これは絵画的な比喩の一杯詰まった宝石箱にすぎない。まだこの詩人をあまり知らない人でも、この中にすばらしい絵の比喩を見つけて、詩をよく味わうことができるように、詩のアンソロジーの役目を兼ねた。

本書の内容は、もともと朝日カルチャーセンター・立川の講座のために話されたものである。

初めは西脇順三郎のような「難解な」詩人について、一年間も続けて語ることは無理ではないかと危惧したが、参加者の熱意と興味に励まされて、本書の主題である「絵画的な旅」のほかにも「千一夜物語」のように次から次へと話題が出てきた。改めて参加者の一人一人に深く感謝したい。講座を企画してくださった松村崇夫さんから、もっと多くの人にこの内容を知ってもらったらと勧められたので、この小著をまとめる気になった。今年は西脇没後二五年にあたり、慶應義塾大学出版会から『西脇順三郎コレクション』(全六巻)が刊行されている。その選集を読まれる方々のために、この詩人の詩の秘密を解き明かす案内書になれば、これほどうれしいことはない。

本書に西脇順三郎の詩の引用を快く許可された西脇順一・緑夫妻ならびにほかの詩人たちに感謝します。また詩と関連した絵画の転載を認めてくださった美術館・美術関係者にもお礼申し上げます。最後に、すばらしい装丁をしていただいた中垣信夫さんと中垣呉さん、『評伝　西脇順三郎』と『西脇順三郎コレクション』に引き続いて、本書も手がけていただいた編集部の小室佐絵さんに心からお礼の言葉を添えたい。

著者

二〇〇七年一〇月

西脇順三郎略年譜

明治二七（一八九四）年　一月二〇日、新潟県北魚沼郡小千谷町（現、小千谷市）一三八番地に生まれる。ウォルター・ペイター没。

明治三六（一九〇三）年　九歳　ゴーガン、ホイスラー没。

明治三七（一九〇四）年　一〇歳　二月、日露戦争始まる。姉トウ（透子）からナショナル・リーダーズを習う。

明治三九（一九〇六）年　一二歳　四月、新潟県立小千谷中学校に入学。文学よりもっぱら絵画や英語を好んだ。セザンヌ没。

明治四四（一九一一）年　一七歳　三月、小千谷中学校卒業。図画教師にすすめられて画家を志望。五月二六日、父寛蔵死去。白滝幾之助、黒田清輝らのもとを訪ねる。しばらく本郷曙町の藤島武二のアトリエに通うが、諸般の事情により画家志望の道を断念する。

明治四五・大正元（一九一二）年　一八歳　九月、実業か学業かの選択を迫られ、兄修太郎の在籍している慶應義塾大学理財科予科に入学。早稲田大学文科に在学中の鷲尾雨工（小千谷中学の一年先輩）を通じて、フランス象徴派詩人たちの詩に親しむ。アーサー・シモンズの『象徴派の文学運動』を読み、また『散文と詩の研究』によってペイターに開眼する。

大正三（一九一四）年　二〇歳　四月、慶應義塾大学理財科に進む。七月、第一次世界大戦が始まる。

イギリスでエズラ・パウンドたちの新詩運動が起こり、『イマジスト詩集』刊行さる。T・S・エリオットがパウンドのもとを訪ねる。

大正六（一九一七）年　二三歳　三月、卒業論文をラテン語で小泉信三教授に提出して、理財科を卒業。四月、ジャパン・タイムズに入社したが、社の経営陣の交代にともない一一月に退社。

大正七（一九一八）年　二四歳　健康をそこない、しばらく三保で療養。同地でペイターの評論集を耽読。七月、郷里小千谷に帰り、自宅で静養をつづける。一一月、第一次世界大戦終わる。

大正九（一九二〇）年　二六歳　四月、慶應義塾大学の予科英語教員となり、野口米次郎、戸川秋骨、馬場孤蝶らを知る。モジリアーニ没。

大正一一（一九二二）年　二八歳　七月、慶應義塾留学生として、イギリスに留学。オックスフォード大学の入学手続きに間に合わず、一年間ロンドンでジョン・コリアなど若い文学者たちと交友、モダニズムの文学や絵画に接する。一〇月にエリオットの『荒地』が発表され、また二月にジェイムズ・ジョイスの『ユリシーズ』が刊行されて、コリアたちと読みあった。

大正一二（一九二三）年　二九歳　九月、関東大震災起こる。一〇月、オックスフォード大学ニュー・コレッジの英語・英文学のオナー・コースに入学。

大正一三（一九二四）年　三〇歳　夏学期に、オックスフォード大学のニューディゲイト賞金の課題詩に応募。最初はラテン語で応募しようとしたが、時間が足りず英語で応募した。七月二五日、イギリス人の画家生マジョリ・ビッドルと結婚。一一月、自作英詩「A Kensington Idyll」が文芸誌「チャップブック」三九号にエリオットの詩と共に載る。英詩を濫作する。シュルレアリスム運動起こる。

大正一四（一九二五）年　三一歳　オックスフォード大学を中退し、ロンドンで英文詩集『*Spectrum*』を自費出版。一〇月、仏文詩集『*Une Montre Sentimentale*』を帰途パリで刊行しようとするが果たせず、マルセイュより船で帰国。

大正一五・昭和元（一九二六）年　三二歳　四月、慶應義塾大学文学部教授に就任、「三田文学」で盛んに詩と詩論を発表し始める。マジョリも絵を二科展に出品して認められ、それ以降もつづけて出品する。

昭和二（一九二七）年　三三歳　教え子の瀧口修造、佐藤朔たちと本邦最初のシュルレアリスム・アンソロジー「馥郁タル火夫ヨ」を出す。

昭和三（一九二八）年　三四歳　九月、春山行夫編集の季刊詩誌「詩と詩論」創刊以来、ほとんど毎号、精力的に執筆。

昭和四（一九二九）年　三五歳　一一月、『超現実主義詩論』（厚生閣書店）刊。巻末の「ダダからシュルレアリスムへ」の解説を瀧口修造に依頼する。

昭和五（一九三〇）年　三六歳　一一月、『シュルレアリスム文学論』（天人社）刊。

昭和七（一九三二）年　三八歳　四月、マジョリと離婚、七月、桑原冴子と結婚。

昭和八（一九三三）年　三九歳　九月、詩集『*Ambarvalia*』（椎の木社）刊。萩原朔太郎、室生犀星らの絶賛を受ける。この年、他に評論集『ヨーロッパ文学』『輪のある世界』、訳詩集『ヂオイス詩集』を相ついで第一書房より刊行。

昭和九（一九三四）年　四〇歳　一一月、詩論集『純粋な鶯』（椎の木社）刊。

昭和一一（一九三六）年　四二歳　二月、「MAISTER 萩原と僕」（「椎の木」）を発表。

昭和一二（一九三七）年　四三歳　二月、萩原朔太郎が「西脇順三郎氏の詩論」（「椎の木」）を発表。七月、日中戦争が始まり、この頃より詩作の発表をやめる。以後、『古代文学序説』の執筆に没頭。

昭和一三（一九三八）年　四四歳　長男順一誕生。弾圧が烈しくなり、もっぱら、家で日本画の製作に集中して、「東山」と号す。

昭和一五（一九四〇）年　四六歳　クレー没。

昭和一六（一九四一）年　四七歳　五月から一〇回、「英語青年」にエリオット論を連載する。一二月八日、太平洋戦争起こる。ジョイス没。

昭和一七（一九四二）年　四八歳　四月、鎌倉に疎開。萩原朔太郎没。

昭和一九（一九四四）年　五〇歳　一一月、郷里小千谷に疎開。中国の水墨画に傾倒する。

昭和二〇（一九四五）年　五一歳　五月、東京空襲で、渋谷宇田川町の自宅焼失。八月一五日、終戦の報を小千谷で聞く。九月から都内に下宿して大学の講壇に復帰。

昭和二一（一九四六）年　五二歳　八月、郷里小千谷で『旅人かへらず』を構想。「芸林閒歩」そのほかに発表し始める。

昭和二二（一九四七）年　五三歳　八月、詩集『旅人かへらず』（東京出版）刊。併せて改作版『あむばるわりあ』を同社から出す。一一月、詩誌「荒地」西脇順三郎特集号刊。

昭和二三（一九四八）年　五四歳　四月、『古代文学序説』（好学者）刊。エリオット、ノーベル文学賞を受ける。

昭和二四（一九四九）年　五五歳　六月、『古代文学序説』で文学博士の号を受ける。審査員の一人は折口信夫。

昭和二五（一九五〇）年　五六歳　港区芝白金台町一丁目八〇番地に移る。

昭和二六（一九五一）年　五七歳　一一月、エリオット『荒地』（創元社）翻訳刊行。

昭和二八（一九五三）年　五九歳　一月、詩誌「天蓋」西脇順三郎作品特集号刊。一〇月、『近代の寓話』（創元社）刊行。この頃、研究室棟の野口ホールで自作画の展示会を開く。

昭和二九（一九五四）年　六〇歳　マチス没。

昭和三一（一九五六）年　六二歳　一〇月、評論『T・S・エリオット』（研究社）刊行。また「より巧みなる者へ」という西脇順三郎の献詩を含む岩崎良三訳『パウンド詩集』を贈られたワシントンに幽閉中のパウンドは、同封された西脇順三郎の英詩「January in Kyoto」を読んで感動する。一一月、『第三の神話』（東京創元社）刊行。

昭和三二（一九五七）年　六三歳　一月、詩集『第三の神話』で読売文学賞を受ける。八月、パウンドから岩崎良三に西脇順三郎をノーベル賞の候補として推薦するよう助言してくる。

昭和三四（一九五九）年　六五歳　パウンドの娘メアリ・ドゥ・ラケウイルツのイタリア語訳詩集『*Gen-naio A Kyoto*』が刊行される。

昭和三五（一九六〇）年　六六歳　一月、詩集『失われた時』（政治公論社、無限出版部）刊。三月、渋谷区代々木本町八三七番地（現、元代々木町二一番地）に新築移転。

昭和三六（一九六一）年　六七歳　一一月、日本芸術会員となる。

昭和三七（一九六二）年　六八歳　一月、慶應義塾大学で『ヨーロッパ現代文学の背景と日本』と題して、最終講義を行う。六月、アリタリア航空とイタリア中近東研究所の招きで、イタリア各地を旅行、ウンガレッティと会う。八月、日本現代詩人会会長となる。八月、詩集『豊饒の女神』（思潮社）を、一二月、詩集『えてるにたす』（昭森社）を刊行。

昭和四〇（一九六五）年　七一歳　一月、エリオット没。詩誌「荒地」の詩人たちほかを招いて、自宅でエリオットを追悼する。

昭和四一（一九六六）年　七二歳　一〇月、萩原朔太郎研究会会長となる。シェイクスピアの『ソネット詩集』ほかを翻訳。

昭和四二（一九六七）年　七三歳　二月、詩集『禮記』（筑摩書房）刊行。九月、モントリオールの「世界詩人会議」に招かれて講演。帰途、ニューヨーク、ロンドン、オックスフォードに足をのばす。

昭和四三（一九六八）年　七四歳　一一月、銀座の文藝春秋画廊（南天子画廊主催）で初の個展を開く。エリオットの『四つの四重奏曲』を翻訳。

昭和四四（一九六九）年　七五歳　一一月、長編詩集『壌歌』（筑摩書房）刊行。

昭和四五（一九七〇）年　七六歳　六月、「はせをの芸術」を執筆。七月、詩集『鹿門』（筑摩書房）刊行。

昭和四六（一九七一）年　七七歳　三月、『西脇順三郎全集』（筑摩書房）全一〇巻の刊行始まる。一〇月、文化功労者に選ばれる。

昭和四七（一九七二）年　七八歳　一月、詩画集『擇』（詩学社）刊行。二月、池田満寿夫との詩画集『*Gennaio A Kyoto*』（マルテ・エディツィオーニ社）刊。五月、飯田善國との詩画集『*Chromatopoiema*』（南天子画廊）刊。パウンド没。

昭和四八（一九七三）年　七九歳　五月、アメリカン・アカデミー・オブ・アーツ・アンド・サイエンシスの外国名誉会員に推される。ピカソ没。

昭和四九（一九七四）年　八〇歳　一〇月、池田満寿夫との詩画集『*traveller's joy*』（南天子画廊）刊。

昭和五〇（一九七五）年　八一歳　五月、冴子夫人没。

昭和五二（一九七七）年　八三歳　四月、川崎市高津区野川の影向寺に詩碑建つ。

昭和五三（一九七八）年　八四歳　六月、小千谷市立図書館内に西脇順三郎記念室を開設、後に絵画展示室を設ける。

昭和五四（一九七九）年　八五歳　六月、詩集『人類』（筑摩書房）刊。七月、瀧口修造没。

昭和五五（一九八〇）年　八六歳　コリア没。

昭和五六（一九八一）年　八七歳　『定本西脇順三郎全詩集』（筑摩書房）刊。一一月、「西脇順三郎の絵

画」回顧展が、赤坂の草月美術館で開かれる。

昭和五七（一九八二）年　八八歳　六月五日、郷里小千谷で死去。六月一一日、港区芝増上寺で葬儀が行われる。

昭和六〇（一九八五）年　六月、小千谷市山本山に詩碑建つ。

昭和六三（一九八八）年　七月、マジョリ没。

昭和六四・平成元（一九八九）年　四―五月、新潟市美術館で「永遠の旅人・西脇順三郎――詩・絵画・その周辺」展が催される。

平成五（一九九三）年　一二月、『定本西脇順三郎全集』全一二巻　別巻一冊（筑摩書房）刊行始まる。

平成六（一九九四）年　一月、慶應義塾大学で「西脇順三郎誕生百年記念講演会」が催される。五―七月、神奈川県立近代美術館で「馥郁タル火夫ヨ　誕生一〇〇年　西脇順三郎　その詩と絵画」展（神奈川近代文学館主催）が催される。七月、小千谷市立図書館で「西脇順三郎誕生百年記念座談会」と講演会が催される。一一月、横須賀市の観音崎に詩碑建つ。

平成一四（二〇〇二）年　九―一一月、世田谷文学館で「没後二十年　西脇順三郎」展が催される。

平成一五（二〇〇三）年　一一月、新宿トップ・ルーム寺田で「西脇順三郎と瀧口修造」展（佐谷画廊主催）が催される。

平成一九（二〇〇七）年　五月―十月、『西脇順三郎コレクション』全六巻（慶應義塾大学出版会）刊。

参照文献

詩集

「定本西脇順三郎全詩集」（筑摩書房）　昭和五六年
「西脇順三郎コレクション」（全六巻）（慶應義塾大学出版会）　平成一九年
「西脇順三郎詩集」（岩波文庫）　平成三年
「西脇順三郎詩集」（思潮社現代詩文庫）　昭和五四年
「西脇順三郎詩集」（新潮文庫）　昭和四〇年
「荒地詩集」（荒地出版社）　昭和二六年
「飯島耕一・詩と散文」全五巻（みすず書房）　平成一二―一三年
飯島耕一詩集「上野をさまよって奥羽を透視する」（集英社）　昭和五五年
金田弘詩集「旅人は待てよ」（湯川書房）　平成一八年
白石かずこ詩集「ロバの貴重な涙より」（思潮社）　平成一二年
「田村隆一全詩集」（思潮社）　平成一二年
野村喜和夫詩集「稲妻狩」（思潮社）　平成一九年
「萩原朔太郎」日本詩人全集14（新潮社）　昭和四一年
村松英子詩集「一角獣」（サンリオ）　昭和四五年

「吉岡実全詩集」（筑摩書房）　平成八年

画集・図録

西脇順三郎詩画集「檸」（詩学社）　昭四七年
「西脇順三郎の絵画」（恒文社）　昭五七年
飯田善國合作詩集「*Chromatopoiema*」（南天子画廊）　昭四七年
池田満寿夫合作詩画集「*traveller's joy*」（南天子画廊）　昭四九年
「永遠の旅人・西脇順三郎——詩・絵画・その周辺」（新潟市美術館）　平成元年
「馥郁タル火夫ヨ　誕生一〇〇年　西脇順三郎　その詩と絵画」（神奈川近代文学館・財団法人神奈川文学振興会・神奈川県立近代美術館）　平成六年
「没後二十年　西脇順三郎」展（世田谷文学館）　平成一四年
「西脇順三郎と瀧口修造」展（佐谷画廊）　平成一五年
「ART LIBRARY」全三〇巻　監修富永惣一・中山公男（鶴書房）　昭和四七年
「新潮美術文庫」全五〇巻（新潮社）　昭和四九年—五〇年
「新潮日本美術文庫」全四五巻（新潮社）　平成八年—一〇年

美術論（西脇順三郎）

ゴーガンの村　「句帖」昭和一一年一〇月
ルソーの絵　「津田文学」昭和一九年一月
詩と眼の世界　「詩学」昭和二三年三月
詩の幽玄　「詩歌殿」昭和二三年九月
絵画美　「みづゑ」昭和二四年九月
喪服の笑い（発表原題「詩人の絵画詩論」）　未詳
マチスの神秘　「美術手帳」昭和二六年五月
ピカソと近代芸術　「美術手帳」昭和二六年九月
国際美術展をみる　「美術批評」昭和二七年六月
木版の田園　「英語青年」昭和二七年九月
現代画の悲劇　「アトリエ」昭和二七年一二月
日本絵画　「詩学」昭和二八年六月
追憶の美　「詩学」昭和二八年一二月
私の美術鑑賞（発表原題「阿修羅王」）　「東京新聞」昭和三一年八月二二日
ゴーガン「市場」について　『世界名画全集12』（河出書房）昭和三一年一一月
池大雅　「三彩」昭和三二年三月
芸術の冒険　「サンケイ新聞」昭和三三年九月四日
イギリス絵画と国民性　『世界名画集9』（平凡社）昭和三四年一二月
セザンヌとの再会　「サンケイ新聞」昭和三六年一二月一一日

参照文献

瀧口修造「近代芸術」、「点」　「朝日ジャーナル」昭和三八年二月二四日
ヒッタイトのテラコッタ像　「三彩」昭和三九年一二月
藤島武二先生のこと　「みづゑ」昭和四二年六月
ニューヨークと近代美術　「中央公論」昭和四三年一月
美の女神と私　「三彩」昭和四三年一二月
ルーベンスの世紀展　「読売新聞」昭和四四年五月七日
ドラクロア　「国立博物館ニュース」昭和四四年七月
近代芸術のグロテスク　「都市」昭和四四年一二月
エル・グレコ　『ファブリ世界名画全集11』（平凡社）昭和四四年
パブロ・ピカソの芸術　「芸術新潮」昭和四五年三月
セザンヌの水彩　「芸術新潮」昭和四六年七月
近代美術の機械性　「朝日新聞」昭和四七年六月一九日
セザンヌの芸術　「いけ花龍生」昭和四九年六月
宋元の山水画　「水墨美術大系２」（講談社）付録10　昭和五〇年二月
眼つきの神秘　「芸術新潮」昭和五〇年一二月
版画家・池田満寿夫　「芸術新潮」昭和五二年三月
ヴォルスの象徴絵画　「芸術新潮」昭和五二年五月
私の画歴　「版画芸術」昭和五二年七月

その他

大江健三郎（聞き手・構成　尾崎真理子）『大江健三郎　作家自身を語る』（新潮社）　平成一九年
「回想の西脇順三郎」（三田文学ライブラリー）　昭和五九年
「定本西脇順三郎全集」別巻（筑摩書房）　平成六年
西脇順三郎・山本健吉（心の対話）『詩のこころ』（日本ソノ書房）　昭和四四年
西脇順三郎を偲ぶ会編「幻影の人　西脇順三郎を語る」（恒文社）　平成六年
西脇順三郎を偲ぶ会編「続・幻影の人　西脇順三郎を語る」（恒文社）　平成一六年
新倉俊一『西脇順三郎　変容の伝統』（花曜社）昭和五四年、（東峰書房）　平成六年
新倉俊一『西脇順三郎全詩引喩集成』（筑摩書房）　昭和五七年
新倉俊一『詩人たちの世紀――西脇順三郎とエズラ・パウンド』（みすず書房）　平成一五年
新倉俊一『評伝　西脇順三郎』（慶應義塾大学出版会）　平成一六年

画家索引

このリストは西脇詩に含まれている全画家名で、そのうち
本書でふれられているものには頁数を付した。

著者紹介
新倉俊一（にいくら・としかず）
1930年生まれ。慶應義塾大学卒。フルブライト留学生としてミネソタ大学大学院に留学。明治学院大学名誉教授。西脇順三郎の全集や定本全詩集のテキストの校訂をはじめ、英詩集の翻訳に携わる。著訳書：『西脇順三郎全詩引喩集成』（筑摩書房）、『西脇順三郎　変容の伝統』（東峰書房）、『エズラ・パウンド詩集』（角川書店）、『エズラ・パウンド詩集』（小沢書店）、『アメリカ詩の世界』（大修館書店）、『エミリー・ディキンスン――不在の肖像』（大修館書店）、『詩人たちの世紀――西脇順三郎とエズラ・パウンド』（みすず書房、ロゲンドルフ賞）、『ピサ詩篇』（みすず書房）、『評伝　西脇順三郎』（慶應義塾大学出版会、和辻哲郎文化賞、山本健吉文学賞）ほか。

西脇順三郎 絵画的旅

2007年11月10日　初版第1刷発行

著　者――――新倉俊一
発行者――――坂上　弘
発行所――――慶應義塾大学出版会株式会社
〒108-8346　東京都港区三田 2-19-30
TEL　〔編集部〕03-3451-0931
〔営業部〕03-3451-3584〈ご注文〉
〔　〃　〕03-3451-6926
FAX　〔営業部〕03-3451-3122
振替　00190-8-155497
http://www.keio-up.co.jp/
装　丁――――中垣信夫・中垣呉（中垣デザイン事務所）
カバー・表紙図版：エクゼキアスのキュリックス
前530年頃　D.30.5cm　ミュンヘン古代美術館蔵
Staatliche Antikensammlungen und Glyptothek München
Photograph by Christa Koppermann
印刷・製本――中央精版印刷株式会社
カバー印刷――株式会社太平印刷社

Printed in Japan ISBN 978-4-7664-1432-5